目次

葬られた勲章 (下)

●主な登場人物〈葬られた勲章　下〉

ジャック・リーチャー　家も車も持たず、放浪の旅を続ける元憲兵隊指揮官。

スーザン・マーク　国防総省《ペンタゴン》に勤務していた民間の事務員。地下鉄で自殺。

ジェイコブ・マーク　スーザンの弟、ニュージャージー州の警官。

ピーター・モリーナ　スーザンの息子、南カリフォルニア大学のフットボール選手。

セリーサ・リー　ニューヨーク市警殺人課の女性刑事。

ドハーティ　リーの同僚刑事。

ライラ・ホス　スーザンの知人。

スヴェトラーナ・ホス　スーザンの知人。

レオニード　ホス母娘の仲間。

ジョン・サンソム　ノースカロライナ州選出の下院議員。

エルスペス・サンソム　ジョンの妻。

スプリングフィールド　サンソムの警護スタッフ。

44

ふたたび目覚めても、すぐには目をあけなかった。頭の中の時計がもとどおりになりつつあるように感じたので、それが正しく調整されて安定するのを邪魔せずに待ちたかった。いま、頭の中の時計は午後六時を指している。つまり、また八時間ほど意識を失っていたことになる。ひどく腹が空《す》き、ひどく喉が渇いている。先ほどの脚と同じように腕が痛む。小さなあざが肩口にでき、うずいている。相変わらず靴は履いていないようだ。だが、手首と足首はベッドガードにもう縛りつけられてはいない。それはありがたかった。ゆっくりと伸びをして、手のひらで顔を撫《な》でた。無精ひげがさらに伸びている。このままだとひげ面に一直線だ。

目をあけた。周囲を見まわす。ふたつの発見があった。ひとつ目――セリーサ・リーが右側の檻《おり》の中にいる。ふたつ目――ジェイコブ・マークが左側の檻の中にいる。

どちらも警官だ。

どちらも靴を履いていない。

ようやくわたしは不安になりはじめた。

頭の中の時計が正しく、いまが午後六時なら、セリーサ・リーは家から連れ去られたことになる。ジェイコブ・マークは勤務中に連れ去られたことになる。ふたりともわたしを見つめている。リーは鉄格子の向こうに立ち、一メートル半ほど離れている。ブルージーンズに白いシャツというでたちで、裸足《はだし》だ。ジェイクは簡易ベッドに腰掛けている。警官の制服姿だが、ベルト、銃、無線機、靴はない。わたしは簡易ベッドの上で身を起こし、足を床におろして、髪を掻《か》きあげた。立ちあがり、手洗いに歩み寄って蛇口から水を飲む。まちがいなくニューヨーク市だ。水の味に覚えがある。セリーサ・リーを見て尋ねた。「ここがどこなのか、きみは知っているか？」

リーは言った。「あなたは知らないの？」

わたしはうなずいた。

リーは言った。「この部屋は盗聴されていると考えるべきよ」

「盗聴されているのはまちがいない。だが、向こうはここがどこかをすでに知っている。だから、向こうのまだ知らない何かを教えることにはならない」

「何も言わないほうがいいと思う」

「地理的事実を話し合うのは問題ない。愛国者法も所番地を使うことまでは禁じていない。少なくともまだ」

リーは何も言わない。

わたしは言った。「どうした？」

リーは何かが気にかかっている様子だ。

わたしは言った。「わたしがきみをはめようとしているとでも思っているのか？」

リーは答えない。

わたしは言った。「これが罠《わな》で、きみに何かしゃべらせて録音するつもりだとでも思っているのか？」

「わからない。あなたはわからないことだらけだから」

「たとえば？」

「ブリーカー・ストリートのクラブはブロードウェイよりも六番アヴェニューに近い。六番アヴェニューの駅からならA系統の地下鉄に乗れる。B、C、Dの系統にも。どうしてわざわざブロードウェイのブリーカー・ストリート駅から六系統の地下鉄に乗ったの？」

「自然の法則だ」わたしは言った。「そう組みこまれているんだよ。脳に。闇に包まれた真夜中、あらゆる哺乳動物は本能に導かれて東へ向かう」

「ほんとうに？」

「いや、いま作った話だ。わたしには行くあてがなかった。クラブから出ると、左に曲がって歩いた。それ以上の説明はできない」

リーは何も言わない。

わたしは言った。「ほかには？」

リーは言った。「あなたは荷物を持っていない。何も持っていないホームレスなんて見たことがない。ほとんどのホームレスはわたしの私物よりもたくさんのものを持ち歩いている。ショッピングカートを使って」

「わたしはちがう」わたしは言った。「それに、わたしはホームレスではない。同じにしないでくれ」

リーは何も言わない。

わたしは尋ねた。「ここに連れてこられたとき、目隠しはされたか？」

リーはわたしを長いこと見つめてから、かぶりを振ってため息をついた。「ここはグリニッチ・ヴィレッジの閉鎖された消防署よ。西三番ストリートの。地上階は使われていない。ここは地下にある」

「あの男たちの正体を知っているか？」

リーは何も言わない。黙ってカメラに目をやっている。わたしは言った。「同じ原則が当てはまる。向こうは自分たちが何者かを知っている。少なくともそう願いたいところだ。われわれに知られたと知っても、向こうは困らない」

「あなたはそう考えるわけね」

「そこが肝心だ。向こうはわれわれが考えることを止められない。あの男たちが何者か知っているのか？」

「身分証は見せてもらえなかった。きょうも、あの男たちがあなたと話すために分署を訪れた最初の夜も」

「しかし？」

「身分証を見せない一団がひとつしかなければ、身分証を見せないのは見せるも同然になる。噂《うわさ》を聞いたことがある」

「つまりは何者なんだ」

「国防長官の直属の部下よ」

「どうりで」わたしは言った。「国防長官はたいてい、政府の中でも飛び抜けて頭が悪い」

リーはふたたびカメラに目をやった。まるでわたしがカメラを侮辱したかのように。まるで自分がその原因を作ったかのように。わたしは言った。「心配するな。あの男たちは元軍人に見えたが、それなら国防長官の頭の悪さははなから承知している。とはいえ、国防長官は閣僚だから、突き詰めればあの男たちはホワイトハウスのために働いていることになる」

リーは一瞬黙ってから尋ねた。「向こうの目的は知っているの?」

「一部は」

「言わないで」

「言わないさ」わたしは言った。

「でもホワイトハウスにとっても重要なことなのね?」

「その可能性はあるだろうな」

「なんてこと」

「あいつらはいつきみのところに来た?」

「きょうの午後よ。二時だった。わたしはまだ眠っていた」

「ニューヨーク市警のだれかが同行していたのか?」

リーはうなずき、その目に少し傷ついた色が浮かんだ。

わたしは訊《き》いた。「そのパトロール警官たちとは知り合いだったのか?」

リーは首を横に振った。「テロ対策部門のやり手よ。独断専行している。特製の車を一日中乗りまわしている。タクシーに偽装しているときもある。ひとりが前に、ふたりが後ろに乗って。あなたは知っていた? 十番アヴェニューで北へ行って、二番アヴェニューで南へ戻るというルートで、大きな円を描いて走っている。昔のB-52

のパトロール飛行みたいに」

「いまは何時だ？　六時六分ごろか？」

リーは腕時計を見て、驚いた顔をした。

「ぴったりよ」

わたしは反対側を向いた。

「ジェイク？　きみはどうだった？」

「あいつらは先におれのところに来た。おれは正午からここにいる。あんたの寝顔を見物していたよ」

「ピーターから連絡は？」

「ない」

「残念だ」

「いびきをかいていたぞ。知っていたか？」

「ゴリラ用の麻酔薬を体にたっぷり流しこまれたんだ。麻酔銃で」

「冗談だよな」

わたしはズボンの血痕と肩の血痕を順々に見せた。

「正気の沙汰じゃない」ジェイクは言った。

「きみは勤務中だったのか？」

ジェイクはうなずいた。「通信指令係から署に戻るよう車に連絡があった。すると
あいつらが待ち構えていた」
「それなら、署はきみがどこにいるかを知っているんだな?」
「正確には知らないだろう」ジェイクは言った。「だが、だれがおれを連れていった
かは知っている」
「それは大きな意味があるな」わたしは言った。
「そうでもない」ジェイクは言った。「署はおれのために指一本動かしてくれないだ
ろう。ああいう連中が来たら、一気に評判が落ちる。推定有罪にされてしまうのさ。
同僚たちは早くもおれと距離を置こうとしていた」
リーが言った。「内務調査官が来たときみたいね」
わたしはリーに尋ねた。「なぜドハーティはここにいない?」
「わたしほど深入りしていないからよ。むしろわざと深入りしないようにしていた。
気づかなかった? ドハーティは古株だから」
「きみのパートナーだろうに」
「きょうはね。でも来週には、パートナーがいたことすら忘れている。こういうこと
の成り行きはあなたも知っているはず」
ジェイクが言った。「ここには監房が三つしかない。ドハーティはどこか別の場所

にいるのかもしれないぞ」

わたしは尋ねた。「あの男たちと話をしたか？」

ふたりとも首を横に振る。

わたしは尋ねた。「心配か？」

ふたりともうなずく。リーが訊いた。「あなたは？」

「心配で夜も眠れなくなってはいないな」わたしは言った。「もっとも、大半は麻酔薬のおかげだろうが」


六時半に食事が運ばれてきた。使い捨てのプラスチックパックにはいったデリのサンドイッチが、鉄格子の隙間から縦向きに差しこまれた。水のボトルも。わたしは先に水を飲み、蛇口の水をボトルに詰め替えた。サンドイッチはサラミとチーズだ。いままで食った中でいちばんうまかった。

七時になると、ジェイコブ・マークが尋問のために連れていかれた。拘束具はなし。鎖もなし。セリーサ・リーとわたしは、鉄格子をはさんで二メートル半ほど離れてそれぞれの簡易ベッドに腰掛けていた。あまり話はしなかった。リーは落ちこんでいる様子だ。そのうちに言った。「ツインタワーが崩壊したとき、仲のいい友達を何人か失った。警官だけじゃない。消防士も。いっしょに働いていた人たちを失った。

のように長い付き合いの人たちを」その事実が今後の狂気から守ってくれると考えているかのような口ぶりだ。わたしは答えなかった。もっぱら黙ってすわり、頭の中で会話をもう一度再生していた。これまでにいろいろな人物から話を聞かされている。何時間ぶんも。ジョン・サンソムに、ライラ・ホスに、隣の部屋にいる男たち。家具職人が鉋《かんな》をかけた板に手を這《は》わせて粗いところを探すように、それぞれの台詞《せりふ》を吟味していく。おかしなところはいくつかある。腑《ふ》に落ちない批評めいたものや、奇妙な表現や、状況に合わないほのめかしが。それらが何を意味するのかはわからない。いまはまだ。だが、それらがあるとわかっただけでも役に立つ。

七時半にジェイコブ・マークが戻ってきて、代わりにセリーサ・リーが連れていかれた。拘束具はなし。鎖もなし。ジェイクは簡易ベッドに腰をおろし、あぐらをかいてカメラに背を向けた。わたしはジェイクを見つめた。物問いたげに。ジェイクはごくわずかに肩をすくめ、目をくるりとまわした。それから両手をカメラから見えない膝の上に置いたまま、右手の親指と人差し指で銃の形を作った。自分の腿《もも》を叩《たた》き、わたしの腿を見る。わたしはうなずいた。麻酔銃だ。つづいて膝のあいだに二本の指を垂らし、三本目を斜め左に伸ばす。わたしはまたうなずいた。テーブルの向こう側にふたりがいて、左側に銃を持った三人目がいる。おそらく三つ目の部屋に通じるドアの前だろう。そこで見張っている。だから拘束具はなし。鎖もなし。わたしはこめかみを揉《も》み、両手をあげているうちに口の動きだけで訊いた。「靴はどこだ」ジェイクは口の動きだけで答えた。「わからない」

その後はふたりとも黙ってすわっていた。ジェイクが何を考えているのかはわからない。おそらく姉のことだろう。あるいはピーターのことか。わたしはふたつの選択肢を検討していた。何かと戦う方法はふたつある。中から戦うか、外から戦うか。わたしは外から戦うタイプだ。昔からそうだった。

八時にセリーサ・リーが戻ると、ふたたびわたしが連れていかれた。

45

拘束具はなし。鎖もなし。麻酔銃を恐れているると思われているのはまちがいない。確かに、ある程度は恐れている。小さな刺し傷が恐《こわ》いからではない。眠ること自体が嫌いだからでもない。眠るのはだれよりも好きなくらいだ。しかし、これ以上は時間をむだにしたくない。また八時間も寝ていられる余裕があるとは思えない。

ジェイコブ・マークが手信号で伝えたとおりに、男たちが部屋の中にいる。リーダーはすでに中央の椅子にすわっている。けさ鎖をつないだ男が連行役で、部屋の中央にわたしを残し、自分はリーダーの右の席に着いた。フランキを使いこなしていた男は左の少し離れたところに立ち、麻酔銃を持っている。わたしの持ち物はテーブルの上にまだ置いてある。もしくは、テーブルの上に戻してある。ジェイクやリーがこの部屋にいたときも置いてあったとは思えない。意味がない。理由もない。妥当性もない。わたしのためだけに、再度並べられたのだろう。現金、パスポート、ATMカード、歯ブラシ、メトロカード、リーの名刺、偽物の名刺、メモリースティック、携帯電話。全部で九つ。すべて申しぶんなくそろっている。ありがたい。このうち少なくとも七つは持っていく必要があるからだ。

中央の椅子にすわったリーダーが言った。「掛けたまえ、ミスター・リーチャー」

椅子へ近づくと、三人とも気をゆるめるのが感じられた。この男たちは夜も昼も働きどおしだ。これから連続で三人目の尋問をおこなおうとしている。そして尋問は重労働だ。細心の注意と臨機応変の対応が求められる。それは心身を消耗させる。だから三人の男たちは疲れている。注意散漫になるほどに。わたしが椅子へと歩いたとたん、三人の思考は現在から未来へと移る。厄介な部分は終わったと思う。切り出し方を考えはじめる。最初の質問を。わたしが椅子のところへ行き、腰をおろし、みずから質問を聞こうとするものと思いこんでいる。みずから質問に答えようとするものと。

それはまちがいだ。

椅子の半歩手前で、足をあげてテーブルのへりに掛けると、膝を伸ばして勢いよく突き出した。蹴るのではなく突き出したのは靴を履いていないからだ。すっ飛んだテーブルの向こう側のへりがすわっていたふたりの腹に突っこみ、椅子の背に押しつけられた男たちが身動きできなくなる。そのときにはわたしはもう左に動いていた。三人目の前でかがんだ体勢から伸びあがり、麻酔銃をもぎとると、相手がまだ無防備に突っ立っているうちに強烈な膝蹴りを股間に見舞った。男が麻酔銃を奪い返せずに体を前に折る。わたしは足を高くあげて踏み換え、顔面を膝で蹴った。アイルランドのフォークダンスのように。そしてすばやく振り返ると、麻酔銃を構えて引き金を引き、リーダーの胸を撃った。つづいてテーブルに近寄り、もうひとりの頭を麻酔銃の銃床で一度、二度、三度と殴る。強く、容赦なく、相手が静かになって動きを止めるまで。

はじめから終わりまで、騒々しい暴力が四秒。行動と時間のまとまりを四つ作り、別々に組み合わせ、別々に解き放った。テーブル、麻酔銃、リーダー、ふたり目の男。一、二、三、四。流れるようで、たやすかった。打撃を浴びたふたりの男は失神し、血を流している。床に倒れた男は潰れた鼻から、テーブルのそばの男は頭皮の裂傷から。その横ではリーダーが化学作用によって意識を失いつつある。わたしが二度経験したのと同じように。わたしは興味を持って観察した。筋肉の麻痺《まひ》らしきものが起こっているようだ。体の自由が利かず、椅子からずり落ちそうになっているが、まだ意識はあるらしく目が動いている。銀色の形が渦巻いていたことを思い出し、同じものを見ているのだろうかと思った。

首をめぐらし、三つ目の部屋に通じるドアを注視した。まだ居場所のわからない医療技師がいる。ほかにもいるかもしれない。おおぜいいるかもしれない。だが、ドアは閉まったままだ。三つ目の部屋は静まり返っている。膝を突き、三人目の上着の下を調べた。グロックはない。ショルダーホルスターは装着しているのに、空だ。標準の手順なのだろう。閉めきった部屋で囚人と同席するときは火器を持ちこまない。ほかのふたりも調べた。結果は変わらない。政府が支給したナイロン製のショルダーホルスターを身に着けているが、どちらも空だ。

三つ目の部屋は静まり返っている。

ポケットを調べた。どこにも何もはいっていない。きれいなものだ。ティッシュペーパーや半端な小銭などのどうでもいい品が縫い目のあいだにはさまっているだけで、何もない。家の鍵も、車の鍵も、電話もない。もちろん、財布も、バッジ入れも、身分証も。

麻酔銃をまた持ちあげ、片手で構えた。三つ目の部屋に通じるドアに歩み寄る。ドアをあけ放ち、麻酔銃を掲げて狙いを定めるふりをした。弾切れで用途がちがっても銃は銃にほかならない。大事なのは第一印象と無意識の反応だ。

三つ目の部屋にはだれもいない。

医療技師も、交代要員も、支援要員もいない。だれひとりとして。灰色のオフィス家具と蛍光灯があるだけだ。部屋そのものはひとつ目やふたつ目の部屋と同じで、古い煉瓦《れんが》造りの地下室が白に塗り潰されている。広さも高さも同じだ。ドアがもうひとつある。四つ目の部屋か階段に通じているのだろう。部屋を横切って、そのドアをゆっくりとあけた。

階段だ。大昔に塗った、ありふれた緑色の塗料が剝げかけていて、塗り直されていない。ドアをまた閉めてオフィス家具を調べた。机が三脚、戸棚が五台、ロッカーが四台あり、どれも灰色で、どれも飾り気がなく実用的で、どれも鋼鉄製で、どれも施錠されている。監房と同じく、ダイヤル錠が使われているが、捜査官たちのポケットに鍵はなかったから、それは納得がいく。机に書類は積まれていない。スリープモードのコンピュータが三台と、業務用電話機が三台置かれているだけだ。どれもパスワードを要求してくる。順々にスペースキーを押し、スリープモードを解除してみた。どれもパスワードを要求してくる。異常なほど用心深い。入念で徹底している。通話を終えるたび、フックスイッチを押して、〇番にかけてから、受話器を置いている。あの三人は完全無欠ではないが、愚かでもない。

わたしは長いあいだ立ち尽くしていた。ダイヤル錠が使われていたのは残念だ。予備の弾薬を見つけて麻酔銃にダートを再装塡し、ほかのふたりの捜査官も撃ちたかった。靴も取り返したかった。

どちらもかないそうにない。

監房に戻った。ジェイコブ・マークとセリーサ・リーがわたしを一瞥《いちべつ》して視線をそらし、またすぐに視線を戻す。わたしがひとりきりで、麻酔銃を持っていたから、お手本のような二度見をしている。騒々しい音を聞いて、わたしが痛めつけられていると勘ちがいしたのだろう。すぐには戻ってこないか、二度と戻ってこないと思ったのだろう。

リーが訊いた。「何があったの？」

わたしは言った。「あいつらは眠りこんだ」

「どうして？」

「わたしとの会話が退屈だったんだろう」

「これであなたは抜き差しならない状況に置かれたわよ」

「いままでと何がちがう？」

「いままでは潔白だった」

わたしは言った。「いつまで甘いことを言っているんだ、セリーサ」

リーは答えない。わたしは監房の戸の錠を調べた。上等な品だ。品質が高く、とても精密にできているように見える。縁に溝が彫られたシルクハット形のダイヤルの周囲に、一から三十六までの数字がきれいに刻まれている。ダイヤルは左右のどちらにも回転する。まわしてみても、部品が滞りなく動くわずかな手応えを感じるだけだ。

すぐれた工業技術を感じると言ってもいい。内部の凹凸が嚙《か》み合《あ》う感触はまったくわからない。

わたしは訊いた。「ここから出してもらいたいか？」

リーは言った。「出せるわけがない」

「出せるとしたら、出してもらいたいか？」

「出たくない理由があるとでも？」

「出たら、きみも抜き差しならない状況に置かれるからだ。残ったら、向こうの思惑にしたがうことになる」

リーは答えない。

わたしは言った。「ジェイク？　きみはどうだ」

ジェイクは訊いた。「靴は見つかったのか？」

わたしは首を横に振った。「だが、あいつらの靴を拝借すればいい。きみとサイズは同じくらいだ」

「あんたはどうする？」

「八番ストリートに靴屋がある」

「そこまで靴下で歩くつもりか？」

「ここはグリニッチ・ヴィレッジだ。ここで靴下で歩けないのなら、ほかのどこで歩ける？」

「おれたちをどうやって出す？」

「十九世紀の問題解決法と二十一世紀の功利主義を対決させる。とはいえ、苦労するはずだ。だからやるべきかどうかをまず確認しておきたい。そしてきみたちは、いますぐ腹を決める必要がある。時間はあまり残されていないからだ」

「あいつらが目を覚ます前に決めろと？」

「〈ザ・ホーム・デポ〉が閉まる前に決めてくれ」

ジェイクは言った。「わかった。おれは出たい」

わたしはセリーサ・リーを見た。

リーは言った。「わからないのよ。わたしは何もしていない」

「とどまってそう証明する気か？　それはむずかしいぞ。何かをしていないと証明するのは決まってむずかしい」

リーは答えない。

わたしは言った。「サンソムにも言ったが、われわれは赤軍を研究していた。赤軍が最も恐れていたのはなんだと思う？　われわれではない。自国民を最も恐れていた。赤軍の最悪の悪夢は、自分の潔白を何度も何度も証明するために一生を棒に振ることだった」

リーはうなずいた。

「わたしも出たい」と言う。

「わかった」わたしは言った。確かめるべきものを確かめる。寸法と重量を目で見積もる。

「そのまま待っていろ」わたしは言った。「一時間以内に戻る」

まず寄ったのは隣の部屋だ。三人の連邦捜査官はまだ伸びている。リーダーはまる八時間はこんな状態だろう。体重はわたしの三分の二もないから、もっと長くつづくかもしれない。一瞬、殺してしまったのではないかと思って気が重くなった。わたしの体格向けに調整された量は、もっと小柄な人物には危険かもしれない。だが、とりあえずいまは呼吸が安定している。それに、はじめたのはこの男なのだから、自業自得というものだ。

ほかのふたりはもっと早く目を覚ますだろう。すぐにでも起きるかもしれない。脳《のう》震盪《しんとう》の経過は予測がつかない。そこで三つ目の部屋へ行き、壁からコンピュータのコードを残らず引き抜くと、それを持って戻り、ふたりを丸鶏のように縛りあげた。手首、肘、足首、首をきつく結び合わせる。銅線を何本もより合わせて丈夫な樹脂で被覆してあるから、引きちぎるのは不可能だ。それから左右の靴下を脱いで一本に結び、頭部を負傷した男に猿ぐつわとして使った。不快だろうが、危険任務手当をもらっているはずだから、これくらいの目に遭ってもいいだろう。もうひとりの口はほうっておいた。鼻が潰れているので、猿ぐつわをするのは窒息させるのと同じだ。いずれわたしの慈悲に感謝するときが来ればいいと思った。

作業の成果を確かめ、テーブルの上にあった持ち物をポケットに詰め直してから、地下室を出た。

46

階段は一階に通じていて、かつては消防車が停《と》められていた車庫の奥に出た。広々とした空間には何もなく、ネズミの糞《ふん》や空きビルに溜《た》まりがちな種々雑多のごみで床が覆われている。車両の大きな出入口は錆《さ》びた鉄格子と古い南京錠《ナンキンじょう》で閉ざされている。しかし、左手の壁に通用口がある。そこまで行くのはたやすくない。踏み分け道のようなものはある。行き交う足が床のごみの大部分を蹴って脇にどかしているが、まだかなりの量が残っているので裸足では歩きにくい。一度に一歩ずつ、足の横を使ってごみを払いのけてはそこに足を進める羽目になった。なかなかはかどらない。それでもようやくたどり着いた。

通用口には新しい錠が取りつけられているが、その目的は外から人を立ち入らせないことであって、中に人を閉じこめておくことではない。内側にはただのレバーが一本あるきりだ。外側にはダイヤル錠がある。ホースを連結するための真鍮製《しんちゅうせい》の重いカプラーが床に落ちていたので、それを噛ましてドアを少しあけておいた。そうやって戻ってきたときに備えたうえで、路地に出て慎重に二歩進むと、西三番ストリートの歩道に出た。

六番アヴェニューへ直行した。だれもわたしの足もとは見ない。暑い夜で、もっと目の保養になる素肌がいくらでもさらされている。わたし自身も少し観賞させてもらった。それからタクシーをつかまえ、二十ブロック北、半ブロック東の二十三番ストリートにある〈ザ・ホーム・デポ〉へ行った。店の場所はドハーティが口にしていた。FDRドライヴの高架下での襲撃に先立って、ここでハンマーが購入されたという話だ。店員はもう閉店の準備をしていたが、入れてくれた。工具のコーナーで長さ一メートル半の鉄梃《かなてこ》を見つけた。冷間圧延鋼製で、太くて頑丈だ。レジに向かおうとして園芸用品のコーナーを通った際、ゴムのガーデニングサンダルを買えば一石二鳥だと判断した。見てくれは悪いが、文字どおり何も履いていないよりはましだ。代金はATMカードで払った。コンピュータに記録が残るだろうが、わたしが工具を買いにきた事実を隠しても意味はない。ここで買い物をしたことは、もうじき別の形で明るみに出る。

タクシーが外の通りを流し、ハゲワシよろしく客を探している。かさばって持ち運べないほど買いこんだ人を。そういう行為は経済的に理に合わない。大規模小売店で五ドル節約したのに、持ち帰るために八ドル使うというのは。だが、いまのわたしには都合がいい。一分もしないうちに南へ戻る車内にいた。三番ストリートの、消防署にほど近い場所でタクシーをおりた。

三メートル前方で、例の医療技師が路地にはいっていくのが見えた。チノパンと白のTシャツを着こぎれいな恰好《かっこう》をしていて、休養もとった様子だ。交代勤務なのだろう。日中は捜査官たちが詰め、夜間はこの医療技師が引き継ぐ。朝になっても囚人が確実に生きているように。人道的というより効率的だ。個人の権利や幸福よりも情報の引き出しのほうを重視している。

左手で鉄梃を持ち、ゆるいゴム靴を履いた足を急がせ、男が通用口を抜けないうちに追いついた。ホースのカプラーを足でどかされ、ドアを中から閉められてはまずい。よけいな面倒をかかえることになる。男は足音に気づいて戸口で振り返り、身を守るように両手を掲げたが、わたしはその体を強く押し、中に突き飛ばした。男がごみで足を滑らせて片膝を突く。その首根っこをつかみ、伸ばした腕で押さえこんだうえで、真鍮製のカプラーをつま先でずらし、ドアを完全に閉めた。それから男を見て、選択肢を説明しようとしたが、すでに向こうは理解している様子だった。いい子にするか、殴られるか。男はいい子にするほうを選んだ。縮こまって両手をあげ、小さくぞんざいに降伏の身ぶりをする。わたしは鉄梃を左手で持ちあげ、伸ばした腕で男を階段のおり口へ押しやった。地下室へおりていくあいだ、男はずっと従順だった。オフィス家具が並ぶ部屋を抜ける際もまったく抵抗しない。が、ふたつ目の部屋へ行き、床に伸びている三人を見て、待ち受ける運命を悟ったようだ。全身が緊張している。アドレナリンが流れこんでいる。戦うか、逃げるか。だがそこで、ふたたびわたしを見た。滑稽な靴を履き、大きな金棒を持った断固たる表情の大男を。

男はおとなしくなった。

わたしは尋ねた。「監房のダイヤル錠の番号を知っているか？」

男は言った。「いいえ」

「それなら、どうやって鎮痛剤を注射している？」

「鉄格子の隙間から」

「囚人が発作を起こしたのに、中にはいれないときはどうする？」

「人を呼ばなければいけないでしょうね」

「おまえの道具はどこにある？」

「自分のロッカーに」

「見せてもらおう」わたしは言った。「あけろ」

われわれは三つ目の部屋に戻り、男が一台のロッカーの前にわたしを連れていってダイヤル錠をまわした。戸が開く。わたしは尋ねた。「ほかの戸棚はあけられるか？」

男は言った。「いいえ、これだけです」

ロッカーの中はいくつかの棚で仕切られ、あらゆる医療器具が積みあげられている。包装された注射器、聴診器、無色の液体がはいったガラスの小瓶、袋入りの綿球、錠剤、包帯、ガーゼ、テープ。

窒素ガスの小さなカプセルを収めた浅い箱も。

包装されたダートを収めた箱も。

お役所仕事にありがちだ。任務のマニュアルを書く際、管理職による会議が開かれたことだろう。ペンタゴンらしく。仕切るのは参謀将校。そこに若手が居並んでいる。議題が示される。国防総省の顧問のだれかが、麻酔銃の弾薬は資格のある医務官が保管すべきだと主張する。麻酔薬は麻薬であるから云々《うんぬん》と言って。すると現場タイプのだれかが窒素の圧縮ガスは医薬品ではないと言う。三人目が推進剤と弾を別々に保管するのはどう考えてもおかしいと指摘する。そんなやりとりが繰り返される。捜査官が苛立《いらだ》ちながらもとうとうあきらめ、受け入れる。わかった、好きにしてくれ、つぎの議題に移ろう、とか言って。

わたしは尋ねた。「ダートには何が充塡されている?」

男は言った。「傷口の痛みを抑える局所麻酔薬と、多量のバルビツール酸系催眠剤です」

「バルビツール酸系催眠剤の量は？」

「充分な量です」

「ゴリラにも？」

男は首を横に振った。「量は減らしてあります。通常の人間用に計算して」

「だれがその計算をした？」

「製造業者です」

「用途を知ったうえで？」

「もちろん」

「明細書やら注文書やらを渡されて？」

「そうです」

「試射は？」

「グアンタナモで」

「ここは実に偉大な国だな」

男は何も言わない。

わたしは尋ねた。「副作用はあるのか？」

「まったくありません」

「ほんとうか？　なぜ尋ねるのか、わかっているだろう？」

男はうなずいた。なぜ尋ねるのか、わかっている。コンピュータのコードは品切れだったから、目の隅で男を見張りながら麻酔銃を見つけ、弾薬を装塡した。装塡はジグソーパズルのようだった。こういうテクノロジーには詳しくない。常識と推理のみに基づいて進めなければならない。引き金まわりがガスの噴出を作動させるのは明らかだ。ガスがダートを撃ち出すのも明らかだ。加えて、銃は基本的には単純な機械にすぎない。前と後ろがある。原因と結果が理にかなった過程をたどる。装塡は四十秒とかからずに終わった。

わたしは言った。「床の上で横になっておくか？」

男は答えない。

わたしは言った。「頭を打つのを避けるためだ」

男は床の上で横になった。

わたしは尋ねた。「場所に注文はあるか？　腕？　脚？」

男は言った。「筋肉が多いところに撃つと最も効きます」

「それならうつ伏せになれ」

男はうつ伏せになり、わたしはその尻を撃った。

さらに二度、麻酔銃に弾薬を再装塡し、目を覚ましそうなふたりの捜査官にダートを撃ちこんだ。これで少なくとも八時間の猶予ができた。予期せぬほかの訪問者が迫っていないかぎりは。あるいは、捜査官たちが一時間ごとに定時連絡をすることになっていないかぎりは。あるいは、われわれをワシントンDCに連行するための車がすでにこちらへ向かっていないかぎりは。矛盾する考えのせいで気が半ばは楽になり、半ばは急《せ》いている。鉄梃を持って監房が並ぶ部屋へ行った。ジェイコブ・マークはわたしを見ても何も言わなかった。セリーサ・リーはわたしを見て言った。「最近の八番ストリートの店ではそんな靴を売っているの？」

わたしは答えなかった。黙ってリーの監房の裏側にまわり、鉄梃の平たい先端を檻の下に差しこむ。それから鉄梃に体重を掛けると、檻がわずかに動く感触があった。ほんの数ミリほどだが。金属の自然な収縮と大差ない。

「無茶よ」リーは言った。「これは独立した自立構造の箱になっている。ひっくり返せたとしても、中に閉じこめられたままなのは変わらない」

わたしは言った。「実際のところは、独立した構造ではない」

「床にボルト留めされていないのに」

「だが、下水管との連結部で固定されている。便器の下で」

「それがなんの役に立つの？」

「うまくすると役に立つ。檻を傾けた際に、下水管との連結部が持ちこたえてくれれば、床が剝がれるから、這って出ていける」

「持ちこたえてくれるの？」

「そこは賭けだ。一種の力比べだな」

「何と何の？」

「十九世紀の法律と、政府から仕事を受注した二十一世紀のけちな溶接業者との。床の周囲をくまなく溶接してあるわけではないだろう？　ところどころだけだ」

「スポット溶接とはそういうものよ」

「どれくらい頑丈だ？」

「とても頑丈なはず。たぶんトイレのパイプよりも」

「そうでもないかもしれないぞ。十九世紀のニューヨークではコレラが発生して大流行した。多数の死者が出た。街の長老たちは、その原因が飲料水に混ざった汚水であることをようやく突き止めた。そこでまともな下水道を設置した。さらに下水管や連結部のいろいろな基準を細かく定めた。そうした基準は、これだけの年月が経《た》った現在も、建築基準法に受け継がれている。このたぐいのパイプはフランジと呼ばれる部品でつながれ、床下に延ばされている。賭けてもいいが、スポット溶接よりも頑丈に固定されている。十九世紀の公共事業の担い手は慎重すぎるくらいだった。国土安全保障省に金をせびる現代の企業よりも」

リーは少し黙った。そしておざなりな笑みを浮かべた。「つまり、政府の監房から不法に脱獄するか、下水管が床下から引き抜かれるかのどちらかというわけね。どちらにしろわたしは肥溜《こえだ》めにはまる」

「そのとおりだ」

「すばらしい選択肢だこと」

「決めるのはきみだ」わたしは言った。

「やって」

ふたつ先の部屋で、電話が鳴りはじめるのが聞こえた。

膝を突き、鉄梃の先端を適切な場所に差しこんだ。檻の底部にめぐらされた横棒の下に。ただし、トレー状の床の縁まで引っかけるほど下には入れない。そのうえで鉄梃を少し横に蹴り、逆T字形の溶接部の真下に来るようにした。ここなら力が縦棒を伝って上まで働く。

ふたつ先の部屋で、電話が鳴りやむ。

わたしはリーを見て言った。「便座の上に立て。少しでも重しになるように」

リーが便座に乗ってバランスをとる。わたしは鉄梃を横棒にしっかり押しあててから、勢いよくかがみ、また立った。一度、二度、三度と。百十キロ以上の移動する質量が、一メートル半の鉄梃によって何倍にも増える。三つのことが起こった。第一に、鉄梃が檻の下のコンクリートに浅い溝を掘った。物理的に考えて、これでは力が働きにくくなる。第二に、鉄格子が少しゆがんだ。これも力が働きにくくなる。だが第三に、光沢のある金属の粒が音を立ててはずれ、床を滑っていった。

「それがスポットよ」リーが大声で言う。「スポット溶接の」

鉄梃を動かし、左に三十センチほどのところに同じような場所を見つけた。鉄梃をきつく差しこみ、しっかり押しあて、体を上下させる。同じ三つのことが起こる。コンクリートが砕ける音、鉄格子がきしみながら曲がる音、金属の粒がもうひとつはずれる音。

ふたつ先の部屋で、二台目の電話が鳴りはじめた。調子がちがう。もっと切迫している。

身を起こして息を整えた。また鉄梃を動かし、今度は六十センチ右に持ってくる。同じ手順を繰り返し、もうひとつ溶接部をはずした。これで三つだが、まだまだたくさんある。しかし、鉄梃が底部の横棒をゆるいU字形に曲げてくれたので、手がかりらしきものができた。鉄梃を置き、檻のほうを向いてしゃがみこみ、手のひらを上にして横棒にあてる。強く握り締め、大きく息を吸って、持ちあげる体勢をとる。オリンピックを最後に観《み》たとき、重量あげの選手は二百キロ以上を持ちあげていた。わたしの力はずっと弱いだろう。しかし、ずっと弱い力でも目的を果たせる可能性がある。

ふたつ先の部屋で、二台目の電話が鳴りやむ。

そして三台目が鳴りはじめた。

わたしは檻を引きあげた。

檻の側面が三十センチほど浮く。縞《しま》鋼板の床が甲高い音を立てながら紙のように曲がる。だが、溶接部ははずれない。三台目の電話が鳴りやむ。わたしはリーに視線を向けて口の動きだけで伝えた。「跳べ」と。リーは意味を理解した。賢い女だ。便器から高く跳びあがり、引っ張られているふたつの溶接部に何も履いていない両足を叩きこむ。わたしの手には何も伝わってこない。衝撃も。振動も。溶接部がすぐにはずれ、床が底の平らなV字形の樋《とい》のようにへこんだからだ。口に形が似ている。幅は三十センチ、深さも三十センチほど。上首尾だが、充分ではない。子供なら通れるかもしれないが、リーには無理だ。

しかし、少なくとも見こみがあることは証明できた。十九世紀の街の長老たちに一本だ。

ふたつ先の部屋で、三台の電話がいっせいに鳴りはじめた。せわしなく切迫した調子で競い合っている。

わたしはふたたび息を整えた。あとは三つの手順を繰り返し、一度に溶接部をふたつずつはずしていくだけでよかった。鉄梃、重量あげ、跳ぶ。リーは大柄ではないが、それでも一メートル八十センチ近くの長さにわたって溶接部をはずさなければ、中から出てこられるほど床は曲がらない。単純な算数の問題だ。床のまっすぐなへりを凹状に曲げるとき、前者と後者の幅の比は三対一になる。やり遂げるには長い時間がかかった。八分近くも。それでも最後にはやり遂げた。リーがリンボーダンスよろしく仰向けで足から先に出てくる。シャツが引っかかってずりあがり、日に焼けたなめらかな腹があらわになる。リーは身をよじり、体を左右に振って自由にすると、立ちあがってわたしをきつく抱き締めた。必要以上に長く。それから体を離し、わたしは少し休んで手をズボンで拭った。

そしてジェイコブ・マークのために、一から手順を繰り返した。

ふたつ先の部屋で、電話が鳴ってはやみ、鳴ってはやんでいる。

47

われわれはすみやかに脱出した。セリーサ・リーは捜査官のリーダーの靴を履いた。大きすぎるが、履けないほどではない。ジェイコブ・マークは医療技師の服一式を拝借した。よその警官が中途半端な制服姿で外にいれば目立つと考えたからだが、正しい判断だろう。時間がかかっても着替える価値はある。チノパン、Tシャツ、バスケットボールシューズというでたちはずっとましに見えた。サイズもちょうどに近い。ズボンの尻に小銭大の血の染みがあるが、気になるのはそこくらいだ。医療技師は下着姿で眠らせておいた。

それから地下室を離れた。階段をのぼり、ごみの散らかる床を歩き、路地を抜け、三番ストリートの歩道に出た。混み合っている。まだ暑い。左に曲がった。特に理由はない。何気なくそうしただけだ。だが、運がよかった。五歩ほど進んだところで、背後からクラクションの音とタイヤのこすれる甲高い音が聞こえ、振り返ると、黒い車が消防署の三メートル向こうに急停止するところだった。車種はクラウンヴィクトリア、新しく、光沢がある。男がふたりおりてくる。見たことのある顔だ。セリーサ・リーも見たことがあるのはまちがいない。青いスーツに青いネクタイ。FBIだ。分署でリーと話し、三十五番ストリートでわたしに話しかけてきた。カナダの電話番号がらみであれこれ訊くために。いま、六メートル後ろでそのふたりが路地へと駆けこんでいる。われわれには目もくれずに。しかし、もし右に曲がっていたら、車からおりてきたふたりと鉢合わせしていたはずだ。つまり運がよかった。幸運に感謝して足を急がせ、六番アヴェニューに直行した。ジェイコブ・マークが真っ先に着いた。まともな靴を履いているのはジェイクだけだったからだ。

六番アヴェニューを渡ってブリーカー・ストリートを少し進み、コーネリア・ストリートに逃げこんだ。道は狭くて暗く、ほかに比べれば静かで、歩道のカフェの席で夕食をとっている人たちしかいない。われわれは食事客から充分な距離を保ち、向こうもこちらをまったく気に留めなかった。食事のほうが大事なようだ。無理もない。うまそうなにおいがしている。サラミとチーズのサンドイッチを食べたのに、まだひどく腹が空いている。通りの端の静かな一角へ行き、所持品を確認した。リーとジェイクは何も持っていない。ふたりの持ち物はすべて消防署の地下室に保管されたままだ。わたしはふたつ目の部屋でテーブルの上から回収したものを持っている。そのうちいま重要なのは、現金、ＡＴＭカード、メトロカード、レオニードの携帯電話だ。現金は四十三ドルと少しある。メトロカードはあと四回乗れる。レオニードの携帯電話はバッテリーの残量がわずかしかない。わたしのＡＴＭカードの番号とレオニードの電話番号はすでにさまざまなコンピュータシステムに手配されているにちがいないという点で、われわれの意見は一致した。どちらかを使えば、秒単位で知られる。だが、わたしはあまり心配しなかった。情報は相手に不利をもたらしてはじめて役に立つ。われわれが西三番ストリートから脱出し、数日後にオクラホマシティやニューオリンズやサンフランシスコで現金をおろしたら、そのデータは重要になってくる。消防署からほんの数ブロックのところですぐに現金をおろしても、そのデータは役に立たない。向こうの知らないことを何も教えないからだ。それに、ニューヨークには携帯電話のアンテナがいやと言うほどあるので、三角法で位置を特定するのはむずかしい。田舎ならおおよその範囲でも有益だ。都会ではそうでもない。縦横二ブロックの範囲にいるとわかってもそこには五万からの人がいるので、捜索には何日もかかる。

そういうわけでわれわれは移動し、明るい青をあしらった銀行のロビーでＡＴＭを見つけ、おろせるかぎりの現金をおろそうとした。額は三百ドル。一日あたりの限度額があるようだ。おまけに、機械の動作が遅い。おそらく意図的にやっている。銀行は法執行機関に協力している。通報し、取引をわざと遅くする。警官が到着するまで時間を稼ぐために。場所によってはそれが成功することもあるのかもしれない。都市の交通をどうにかしなければならない場合はまず成功しない。ATMは延々と時間稼ぎをしたすえに、紙幣を吐き出した。わたしはそれを受けとって、機械に微笑《ほほえ》みかけた。ほとんどのATMはデジタルレコーダーに接続された監視カメラを内蔵している。

移動を再開し、おろしたばかりの金から十ドルをリーがデリで使った。買ったのは携帯電話の非常用充電器だ。乾電池から充電できる。リーはそれをレオニードの電話に接続し、パートナーのドハーティの番号にかけた。時刻は十時十分、ドハーティは仕事に行こうとしているころだろう。ドハーティは電話に出なかった。リーはメッセージを残してから電源を切った。携帯電話にはGPSチップが内蔵されていると言って。それは初耳だった。チップは十五秒ごとに信号を発していて、誤差五メートル以内でその位置を特定できるらしい。GPS衛星はアンテナによる三角法よりもずっと正確なのだそうだ。だから、逃亡中に携帯電話を使うときは、場所を変える直前に短時間だけ電源を入れ、あとは切っておくといい。そうすればGPSによる追跡をつねに一歩出し抜ける。

それでまた移動を再開した。三人とも、通りを走る警察車両は意識していた。何台も見かけている。ニューヨーク市警は大きな組織で、アメリカ最大の警察署だ。世界最大かもしれない。ワシントン・スクエア・パークの北にまわって東へ向かい、ニューヨーク大学の構内の中心部にはいったあたりで、にぎやかなビストロを見つけた。店内は暗く、大学生であふれている。いくつか知っている料理がある。わたしは空腹で、まだ脱水状態にあった。二回ぶんのバルビツール酸系催眠剤を排出するために、体が過重労働をしているのだろう。無料の水のグラスをいくつも飲み干し、ヨーグルトと果物のシェイクらしきものを注文した。ハンバーガーとコーヒーも。ジェイクとリーは何も頼まなかった。気が動転して食欲がないと言って。リーがわたしを見て言った。「いったい何が起こっているのか、きっちり説明して」

わたしは言った。「知りたくないと言っていなかったか」

「もうその一線は越えてしまった」

「あの男たちは身分証を見せなかった。不法勾留だときみが判断したとしても理屈は通る。その場合、脱獄は犯罪にはならない。むしろ義務だろう」

リーは首を横に振った。「身分証を見せようと見せまいと、わたしはあの男たちの正体を知っていた。それに、わたしが心配しているのは脱獄の件じゃない。靴よ。そのせいで窮地に立たされかねない。わたしはあの男を目の前にして靴を盗んだ。相手の状態を見てとったうえで。つまり故意にやったということになる。熟慮して適切な対応をするだけの時間があったはずだと責められる」

わたしはジェイクを見た。かかわるつもりがあるのか、それともまだ潔白こそ至福であると思っているのかを確かめるために。ジェイクは毒を食らわば皿までとでも言いたげに肩をすくめた。そこでわたしはウェイトレスが料理を並べ終えるまで待ってから、知っていることを教えた。一九八三年の三月、サンソム、コレンガル渓谷について。推測も含めて、細大漏らさずに。

リーが言った。「コレンガル渓谷にはいまもアメリカ軍がいるはず。この前そんな記事を読んだ。雑誌で。きりがないんでしょうね。ロシア人よりうまくやれているといいけど」

「ウクライナ人だ」わたしは言った。

「ちがいがあるの?」

「ウクライナ人は同じにするなと思っているだろうな。ロシア人は少数民族を前線に送りこみ、少数民族はそれを喜ばなかった」

ジェイクが言った。「第三次世界大戦の引き金になったかもしれないという話は理解できる。当時にかぎっては、という意味だが。しかし、それから四半世紀も経っている。ソヴィエト連邦はもう国家として存在しない。いまは存在しない国家の主権を侵害しようがあるか?」

「地政学よ」リーは言った。「過去ではなく、未来にかかわってくる。アメリカはパキスタンやイランでまた同じことをやりたくなるかもしれない。アメリカが前にもやったと世界が知っていれば、状況は変わってくる。先入観が生まれる。あなただってわかるはず。警官なんだから。法廷での証言で前科を口に出せないとき、裁判官や陪審員が先入観を持ってくれると有利でしょう？」

ジェイクは言った。「だったら、これはどれくらい大きな事件になると思う？」

「とてつもなく大きな事件になる」リーは言った。「これ以上ないほどに。少なくともわたしたちにとっては。なぜなら、全体を見れば、まだ小さな事件でしかないから。皮肉よね。意味がわかる？　もし三千人が知っていたら、だれもたいした手は打てない。三百人でも同じ。三十人でも。どうせ広まってしまう。でもいまはまだ、わたしたち三人しか知らない。三人は少ない。封じこめられるくらいに。だれにも気づかれずに三人の人間を消すことはできる」

「どうやって？」

「とにかくできる。だれが気に留める？　あなたは結婚していない。わたしも」リーはわたしを見て訊いた。「リーチャー、あなたは結婚しているの？」

わたしは首を横に振った。

リーは一拍置いてから言った。「残された者があれこれと探ることはないわね」

ジェイクは言った。「同僚たちは？」

「警察署はお上に逆らえない」

「ばかげている」

「ばかげていても、それがこの新世界なのよ」

「あいつらは本気でそんなことをするのか？」

「費用対効果を分析するだけよ。無実の人間が三人と、地政学上の大事件よ？　あなたならどうする？」

「おれたちには人権がある」

「もうないわね」

ジェイクは言い返さない。わたしはコーヒーを飲み終え、水をもう一杯飲んで後味を流しこんだ。リーが勘定を頼み、わたしが代金を払うのを待ってから、またレオニードの電話の電源を入れた。陽気な短い音とともに電話が起動して通信をはじめ、十秒後にネットワークに接続してテキストメッセージが一件あることを伝えてきた。リーは適当なボタンを押して画面をスクロールしはじめた。

「ドハーティからよ」リーは言った。「まだわたしを見かぎってはいなかったみたいね」

読んではスクロールし、また読んではスクロールしている。わたしは頭の中で十五秒間を繰り返し数え、GPSチップがその一回ごとに〝ここにいるぞ！　ここにいるぞ！〞とデータの小さなまとまりを送っているさまを想像した。十回まで数えた。のべ百五十秒。二分半。長いメッセージだ。リーの顔を見るかぎり、悪い知らせばかりらしい。唇を引き結び、目を険しくしている。二、三の段落を読み直してから、また電源を切り、電話を返した。わたしはそれをポケットにしまった。リーはわたしをまっすぐに見て言った。「あなたが正しかった。FDRドライヴの高架下で死んでいたのはライラ・ホスに雇われた男たちだった。十七分署の警官は電話帳に載っていた同業者に片っ端から電話をかけ、出なかった唯一の相手を突き止めたみたい。被害者の事務所に踏みこむと、ライラ・ホス宛ての〈フォーシーズンズ〉気付の請求書がいくつも見つかった」

わたしは答えなかった。

リーは言った。「でも、問題がある。その請求書の日付は三日前じゃなくて三ヵ月前だったのよ。それから、ほかの情報もはいってきた。国土安全保障省に、ホスという名の女ふたりが入国した記録はないの。少なくとも、三日前にブリティッシュ・エアウェイズで入国した記録はない。そしてスーザン・マークは、職場からも自宅からも一度もロンドンに電話をかけていない」

48

携帯電話を使ったらただちに移動するのが鉄則だ。われわれはブロードウェイを北へ向かった。タクシーやパトロールカーが走り過ぎていく。ヘッドライトの光が体をかすめる。アスター・プレイス駅へ急ぎ、地下に潜ると、四回ぶん残っていたメトロカードの三回を使い、北行きの六系統に乗った。すべてのはじまりとなった地下鉄に。今度の車両も真新しいR142Aだ。時刻は午後十一時で、乗客はほかに十八人いる。われわれは八人掛けのシートに三人並んですわった。リーを真ん中にして。左側でジェイクが顔を寄せて密談に備えている。右側でわたしも同じことをしている。

ジェイクが訊いた。「それで、どっちなんだ？　ホス親子が偽者なのか、それとも政府がすでにデータを消去して隠蔽工作をおこなっているのか？」

リーが言った。「どっちの可能性もある」

わたしは言った。「ホス親子は偽者だ」

「それは推測なの、それとも事実なの？」

「ペンシルヴェニア駅では簡単すぎた」

「どういうこと？」

「わたしははめられたのさ。レオニードはわざとわたしに見つかった。照明の下だと派手なオレンジ色に見えるジャケットを着て。安全ベストを着た保線作業員を見かけたが、あれと同じようなものだ。わたしも自然と目が行った。そうやって気づかせるのが向こうの狙いだった。そしてレオニードはわざとわたしに殴られた。電話を奪わせ、〈フォーシーズンズ〉にたどり着かせるのが向こうの狙いだったからだ。わたしは巧みに操られた。この件は何重にも策がめぐらされている。ライラ・ホスたちはわたしと話をしたかったが、すべてを見せたくはなかった。手のうちを明かしたくなかった。そこで一計を案じた。わたしをあのホテルにおびき寄せ、穏やかに懐柔する方法を試した。手下のひとりに鉄道の駅で無能の役を演じさせ、そのあとわたしに取り入ろうとしたわけだ。分署を訪れて捜索願を出すという予備の計画まで用意してあった。どちらにしろ、いずれわたしはホテルへ行っていただろう」

「あなたの何が目的なのかしら」

「スーザンが入手した情報だ」

「どんな？」

「わからない」

「あのふたりは何者なの？」

「ジャーナリストではないな」わたしは言った。「それについては読み誤っていたと思う。ライラはいろいろな役を演じている。正体はわからない」

「老女のほうは本物なの？」

「わからない」

「ふたりはいまどこに？　ホテルから逃げたと聞いたけど」

「あのふたりにはつねに別の拠点があった。ふたつのことを並行してこなしていた。表の仕事と、裏の仕事を。だからいまどこにいるかはわからない。もうひとつの拠点にいるのはまちがいない。長期にわたって確保している安全な場所だろう。おそらくこの街にある。タウンハウスかもしれない。手下を連れてきているのだから。自分が飼っている連中を。悪辣な連中を。あの私立探偵たちの言うとおりだった。どれほど悪辣か、四人は身をもって知ることになった。ハンマーで」

リーは言った。「つまりホス親子も隠蔽工作をおこなっているということね」

「時制がちがう」わたしは言った。「隠蔽工作はもう終えた。どこかに潜伏中で、その場所を知っていそうな人物は死んでいる」

二十三番ストリート駅に地下鉄が停車した。ドアが開く。だれも乗ってこない。だれもおりない。セリーサ・リーは床を見つめている。ジェイコブ・マークがその向こうからわたしを見て言った。「国土安全保障省がライラ・ホスの入国を把握できなかったのなら、カリフォルニアに行ったかどうかもわからないはずだ。つまり、ピーターといっしょにいたのはその女だという可能性がある」

「確かに」わたしは言った。「その可能性はある」

ドアが閉まる。列車は動きだした。

セリーサ・リーが床から視線をあげ、わたしを見て言った。「あの四人があんな目に遭ったのはわたしたちのせいよ。ハンマーで撲殺されたのは。はっきり言えばあなたのせい。あなたはライラと会ったとき、あの四人の話を出した。あなたが口封じをさせたようなもの」

わたしは言った。「ご指摘に感謝するよ」

〝あの女性を追いこんだのはあなたよ〟。

〝はっきり言えばあなたのせい〟。

地下鉄は二十八番ストリート駅に滑りこんだ。

三十三番ストリート駅でおりた。三人ともグランド・セントラル駅まで行く気はしなかった。警官が多すぎるし、少なくともジェイコブ・マークにとっては、つらい記憶を呼び覚ますものが多すぎる。地上のパーク・アヴェニューは人でごった返していた。一分もしないうちにふたりの警官とすれちがう。西にはエンパイア・ステート・ビルディングがある。ここも警官が多すぎる。南に引き返し、静かな脇道を通ってマディソン・アヴェニューへ向かった。そのころにはわたしは万全の体調になっていた。十七時間のうちに十六時間も熟睡したし、食事も水分も充分にとったからだ。だがリーとジェイクは疲れて見える。行くあてがなく、そのことに慣れていない。もちろん家には帰れない。友人のところにも行けない。行きつけの場所はすべて見張られていると考えるべきだ。

リーが言った。「何か計画を立てないと」

いまいるブロックの雰囲気は悪くない。ニューヨークには独立した小区域が何百とある。雰囲気や趣は通りごとに異なり、ときには建物ごとに異なる。ストリート番号が二十番台後半のパーク・アヴェニューとマディソン・アヴェニューは、わずかにみすぼらしい。脇道も少しうらぶれている。かつては高級な地区だったのかもしれないし、いつかまたそうなるのかもしれないが、いまはこれが心安まる。歩道に組まれた足場の下にしばらく隠れ、バーから千鳥足で帰る酔っ払いや、寝る前に犬を散歩させている近所の住民を眺めた。ポニーほどの大きさのグレートデーンを連れた男と、そのグレートデーンの頭ほどの大きさのラットテリアを連れた若い女がいる。どちらかと言えば、わたしはラットテリアのほうが好みだ。なりは小さいが個性は強い。小さいくせに自分は世界の主人だと思っている。真夜中を過ぎるまで待ってから、西と東を行ったり来たりして適当なホテルを見つけた。建物は小さく、ワット数の低い電球を使った時代遅れの電飾看板を掲げている。やや古び、薄汚れて見える。理想よりは小さい。もっと大きなホテルのほうがずっと都合がいい。空室のある可能性が高くなるし、匿名性を保てるし、詮索されにくい。だが、いま目の前にあるホテルも合格点だろう。

五十ドルのトリックを使うのにまずまず向いている。

もしかしたら、四十ドルでもいけるかもしれない。

結局のところ、交渉したすえに七十五ドルも出す羽目になった。われわれが3Pのたぐいでもするつもりだと夜間ポーターが考えたからだろう。セリーサ・リーがわたしに向ける視線のせいかもしれない。リーの目には何かの表情が浮かんでいる。なんの表情なのかはよくわからない。ともあれ、夜間ポーターが宿泊代を吊りあげる好機だと思ったのは確かだ。用意された部屋は狭かった。建物の裏側にあり、細長い部屋にツインベッドと小さな窓を備えている。旅行案内にはどう考えても載りそうにないが、安全に隠れられるし、ここに泊まることをリーとジェイクは明らかに歓迎している。だが同時に、ここに二泊も、あるいは五泊も、あるいは十泊もすることはどちらも明らかに歓迎していない。

「助けが要る」リーが言った。「いつまでもこんな暮らしはできない」

「その気になればできる」わたしは言った。「わたしはこんな暮らしを十年もつづけている」

「わかった、ふつうの人間はいつまでもこんな暮らしはできない。助けが要る。この問題はそう簡単に解決しない」

「解決するかもしれないぞ」ジェイクが言った。「あんたが自分で言っていたじゃないか。三千人が知ったら、もう問題ではなくなる。だから三千人に伝えるだけでいい」

「一度にひとりずつ？」

「いや、新聞社に連絡するべきだ」

「信じてくれると思う？」

「話に説得力があれば」

「記事にしてくれると思う？」

「しないわけがない」

「いまの新聞社の実情なんてわからない。こういう件では政府に確認をとるかもしれない。政府から握り潰すよう指示されるかもしれない」

「報道の自由はどうなっている？」

リーは言った。「そんなものもあったわね」

「だったら、だれが助けてくれるというんだ」

「サンソムだ」わたしは言った。「サンソムなら協力してくれるだろう。だれよりも深くかかわっているからだ」

「サンソムは政府と同類だ。自分の腹心にスーザンを尾行させていたくらいなんだから」

「それは失うものが大きいからだ。そこを利用できる」わたしはレオニードの電話をポケットから出すと、ベッドに腰掛けているセリーサ・リーの横にほうった。「朝になったらドハーティにテキストメッセージを送ってくれ。ワシントンＤＣのキャノン議員会館の電話番号を教えてもらうんだ。サンソムの事務室に電話をかけて、会って話したいと伝えろ。自分はニューヨークの警官で、わたしと行動をともにしていると言って。腹心があの地下鉄に乗っていたことはわかっていると言え。そのうえで、殊勲章の受章理由はＶａｌライフルではないこともわかっていると言うんだ。ほかにもあることはわかっていると」

49

セリーサ・リーは電話を手に取ると、まるで希少な貴石のようにしばらく持っていた。それからナイトテーブルに置いて訊いた。「どうしてほかにもあると思うの？」

わたしは言った。「いろいろ考え合わせると、ほかにもあるとしか思えないからだ。サンソムはひとつどころか四つも勲章を受章している。つまり頼りになる大黒柱だった。あらゆる任務をこなしたはずだ」

「たとえば？」

「必要であればなんでも。必要とされればだれのためにも。陸軍の任務だけとはかぎらない。デルタフォースはときどき貸し出されていた。たまにCIAにも」

「何をするために？」

「秘密裏の介入とか、クーデターとか、暗殺とかだ」

「ユーゴスラヴィアのチトー大統領は一九八〇年に死亡した。サンソムが手をくだしたと思う？」

「いや、チトーは病死だと思う。しかし、チトーが長生きした場合に備えて、予備の計画があったとしても意外ではないな」

「ソ連のブレジネフ書記長は一九八二年に死亡した。アンドロポフもほどなくあとを追った。チェルネンコも間を置かず。まるで疫病のように」

「きみは歴史家か何かか？」

「アマチュアのね。とにかく、それがゴルバチョフとその後の展開につながった。わたしたちの仕業だと思う？　サンソムの仕業だと思う？」

「そうかもしれないが」わたしは言った。「どうだろうな」

「どちらにしろ、一九八三年三月のアフガニスタンとはなんの関係もないわね」

「だが、考えてみろ。暗闇でソ連の狙撃班に出くわすかどうかは完全に運任せだ。まぐれを期待して、サンソムのような大黒柱のエースを送りこみ、丘を歩きまわらせたりすると思うか？　百一回中百回は空振りに終わるだろう。リターンがわずかなのにリスクが大きすぎる。そんな任務は立案されない。任務には達成可能な目標が要る」

「任務の多くは失敗するけど」

「もちろんそのとおりだ。だが、任務が開始されるときは必ず現実的な目的がある。たまたま出くわすのを期待して、二、三千平方キロもある不毛な山脈をうろつくよりも現実的な目的が。だからほかに何かあったにちがいない」

「それだけだとあまりに漠然としている」

「まだある」わたしは言った。「そしてこれはそこまで漠然とはしていない。この何日か、いろいろな相手がわたしに話をした。そしてわたしは耳を傾けた。聞いた話の中にはどうも腑に落ちないものがある。あの連邦捜査官たちはワシントンDCのウォーターゲートで不可解な態度をとった。何が起こっているのかと尋ねてみたんだが、反応が妙だった。空がいまにも落ちてくるような様子だった。たかが二十五年前の技術窃盗にはあまりにそぐわない」

「地政学は単純じゃないわよ」

「確かに。自分が専門家でないことは喜んで認めるさ。だがそれでも、度を越えているように思えた」

「やっぱり漠然としている」

「わたしはワシントンDCでサンソムと話した。本人の事務室で。サンソムはこの件のすべてを苦々しく思っているように見えた。気が滅入《めい》り、困惑しているようにも」

「選挙シーズンだからよ」

「だが、ライフルを奪ったのは大手柄だったのでは？　恥じることはない。かつての軍では豪胆な急襲と呼ばれていた行為そのものだ。だからあの反応はおかしい」

「まだ漠然としている」

「サンソムは狙撃手の名前を知っていた。グリゴリー・ホスという名を。認識票から。記念品としてそれを持っているのだと思っていた。だがサンソムは、認識票は戦闘詳報やほかのすべてとともに厳重に保管されていると答えた。これは失言に近い。〝ほかのすべてとともに〟？　何を指しているのだろうな」

　リーは何も言わない。

　わたしは言った。「われわれは狙撃手と観測手がたどった運命についても話した。サプレッサー付きの銃は持っていなかったとサンソムは言った。これはふたつ目の失言に近い。デルタフォースがサプレッサー付きの銃を持たずに夜間の隠密《おんみつ》侵入を計画することはけっしてない。そういうところには細心の注意を払う。つまり、Ｖａｌのエピソード全体がまったく別の何かの副産物だった可能性がある。わたしはライフルをめぐる話だと思っていた。だがこの件は氷山のようなものだ。大部分はまだ隠されている」

　リーは何も言わない。

　わたしは言った。「地政学についても話した。サンソムが危ぶんでいたのはまちがいない。ロシアを、いやロシア連邦だったか、いまの名称はともかく、あの国のことを懸念していた。何をするかわからないと考えて。コレンガルの部分が公になれば、一触即発の事態になるかもしれないと言っていた。気づいたか？　コレンガルの部分と言ったんだぞ。これは三つ目の失言に近い。ほかの部分があるとあからさまに認めたようなものだ。当の本人が」

リーは答えない。ジェイコブ・マークが尋ねた。「ほかの部分というと？」

「わからない。だがなんであれ、そこには情報が集約されている。ライラ・ホスははじめからメモリースティックを探していた。連邦捜査官たちはどこかにそれがひとつあると想定していた。本物のメモリースティックを確保するのが任務だと言っていた。〝本物の〟ということばが出てきたのは、わたしが買ったメモリースティックをひと目見て囮《おとり》だと断定したからだ。中身は空だし、どのみち小さすぎると言って。気づいたか？　小さすぎると言ったんだぞ。つまりいくつもの大きなファイルが関係しているということになる。大量の情報が」

「だがスーザンは何も持ち歩いていなかった」

「そのとおりだ。それなのに持ち歩いていたとだれもかれもが決めてかかっている」

「どんな情報だろう」

「見当もつかない。ただし、ニューヨークでスプリングフィールドと話をした。サンソムの警護をしている男と、〈シェラトン〉の静かな廊下で。向こうは神経をとがらせていた。わたしに手を引くよう警告した。独特の比喩を使って。〝まちがった岩をひっくり返せばあとがないぞ〟と言ったんだ」

「それで？」

「岩をひっくり返したらどうなる？」

「何かが這い出てくる」

「そのとおりだ。現在形で、何かが這い出てくる。つまりこの件には、二十五年前に死んでそこに転がったままの何かがかかわっているわけではない。いまものたくり、うごめいている何かがかかわっている。いまも生きている何かが」

セリーサ・リーは考えをめぐらしている様子だ。ナイトテーブルの電話を一瞥し、目を険しくしている。明朝のサンソムへの電話の予行演習をおこなっているのだろう。リーは言った。「サンソムは軽率な人物のようね。三度も失言するなんて」

わたしは言った。「サンソムは十七年の軍歴の大部分をデルタフォースの士官として過ごしている」

「それで？」

「軽率なら十七日間ですらもたない」

「だから？」

「わたしが見るかぎり、サンソムは気を張り詰めている。選挙戦にかかわるあらゆることを意識している。見た目、発言、移動手段まで。些細《ささい》な影響までひとつ残らず」

「だから？」

「だからサンソムが軽率だとは思わない」

「三度も失言したのに」

「ほんとうにそうか？　断言はできないぞ。逆に仕掛けだったのかもしれない。サンソムはわたしの記録に目を通している。わたしは優秀な憲兵だったし、サンソムとほぼ同年代だ。サンソムは藁《わら》にもすがる思いで古巣に助けを求めたのかもしれない」

「サンソムはあなたを引き入れるつもりだったと思うの？」

「可能性はある」わたしは言った。「パンくずをいくつか落として、わたしが追ってくるかどうかを確かめたかったのかもしれない」

「どうして？」

「芽を摘みたいのに、適任者のあてがないからだ」

「国防総省の男たちを信頼していないの？」

「きみなら信頼するか？」

「わたしとは住む世界がちがう。あなたなら信頼する？」

「毛ほども信頼しないな」

「サンソムはスプリングフィールドも信頼していないの？」

「命を預けられるほどに信頼している。とはいえ、スプリングフィールドは一個人にすぎない。サンソムは大きな問題をかかえている。だからほかのだれかが首を突っこんできたら、引き入れてしまったほうがいいと考えているのかもしれない。パーティーは人数が多いほど楽しいというわけだ」

「それなら必ずわたしたちに協力してくれるわね」

「必ずとは言えない」わたしは言った。「サンソムにできることはごくかぎられている。だが、協力する気はあるかもしれない。だからきみに電話をかけてもらおうと思ったのさ」

「どうしてあなたが自分でかけないの？」

「あす、街が目覚めるころにはここにいないからだ」

「いないの？」

「十時にマディソン・スクエア・パークで会おう。ここから二、三ブロック南だ。道中は用心しろ」

「どこへ行くつもり？」

「外だ」

「だからどこ？」

「ライラ・ホスを捜す」

「見つからないわよ」

「だろうな。だが、ライラ・ホスは手下を連れてきている。向こうのほうからわたしを見つけてくれるかもしれない。わたしを捜しまわっているのはまちがいない。わたしの写真も持っている」

「自分を囮にする気？」

「手段は選んでいられない」

「警察もあなたを捜しまわっているのはまちがいない。国防総省とＦＢＩも。もしかすると聞いたことのない機関も」

「何かと忙しい夜になりそうだ」

「気をつけて」

「いつも気をつけている」

「いつここを出るの？」

「もう出る」

50

ニューヨーク市。午前一時。追われる身にとっては、世界で最良の場所にして最悪の場所。通りにはまだ熱気が残っている。車通りは少ない。マディソン・アヴェニューでも十秒に一台も通らない。人はまだそこかしこにいる。建物の前やベンチの上で眠っている人がいる。あてがあって歩いている人もいれば、あてもなく歩いている人もいる。わたしはあてのない道筋を選んだ。三十番ストリートにはいってパーク・アヴェニューへ向かい、そのままレキシントン・アヴェニューまで行った。わたしは姿を消す訓練はまったく受けていない。それにはもっと小さい人間が選ばれた。通常の体格の人間が。わたしはひと目でまったく見こみがないと判断された。わたしくらいの体格だと、何をしようとたやすく見つかってしまうと決めつけられて。それでもわたしはうまくやっている。いくつかの技を独学で学んで。その一部は直感に反している。たとえば、夜は昼より望ましい。人が少なくなるからだ。人が少なければ、わたしはむしろ目立ちにくくなる。わたしを捜している相手は大男を捜すからだ。体格は比較対象がまわりにあるほうが判断しやすい。五十人の民間人の中にほうりこまれたら、わたしは目立つ。文字どおり頭と肩が抜きん出る。ひとりきりだとそうはいかない。基準がないせいで。まわりに人がいないとき、身長を見定めるのはむずかしい。それは目撃証言を扱った実験でわかっている。事故をわざと起こし、目撃者に第一印象を尋ねたところ、同じ男について訊いたにもかかわらず、証言された身長には百七十センチ強から百九十センチ強までの開きがあったという。人は見てはいても観てはいない。

ただし、観る訓練を受けた者は別だ。

わたしは車にかなりの注意を向けていた。ニューヨーク市でだれかを捜し出すには車で通りを流してまわるしかない。ほかの方法を用いるにはこの街はとにかく広すぎる。ニューヨーク市警の青と白のパトロールカーは見つけやすい。回転灯があるせいで遠くからでも独特の輪郭が見てとれる。こちらへ接近してくるそれを見かけるたびに、わたしは最寄りの建物の前で足を止めて寝そべった。よくいるホームレスのふりをして。古びた毛布をかぶっているわけではないので、冬なら怪しまれる。だがいまの気候はまだ暑い。本物のホームレスもまだTシャツ姿だ。

覆面パトロールカーは見分けにくい。正面の輪郭はほかの車と変わらない。それが目的でもある。しかし、国内の警察と法執行機関は予算の制約があるので、選択肢はひと握りの特定の車種やモデルにかぎられる。そして個々の車両のほとんどは手入れがされていないという特徴がある。汚れやへこみがあるし、走りがなめらかではない。

　連邦捜査官の覆面車両は別だ。車種やモデルは同じでも、多くは新しく、きれいで、ワックスをかけて磨いてある。それなりに見つけやすいが、一部の旅客自動車と区別しにくい。ハイヤーの会社も同じ車種やモデルを使っているときがあるからだ。クラウンヴィクトリアやマーキュリーブランドの車を。そして運転手たちは車をきれいにしておく。せっかく建物の前に横たわったのに、T&LCのナンバープレートが通り過ぎていっただけということが何度かあった。旅客自動車の管轄機関であるタクシー・アンド・リムジン・コミッションに登録してある車両だ。これには苛々させられたが、ニューヨーク市警のテロ対策部門は偽装したタクシーを走らせているというセリーサ・リーのことばを思い出した。その後は用心に用心を重ねた。

　ライラ・ホスの手下はおそらくレンタカーを使っている。ハーツやエイビスやエンタープライズやそのほかの新興企業の。レンタカーもひと握りのかなりかぎられた車種やモデルが使われていて、たいていは安物の国産車だが、新しく、きれいで、よく整備されている。その条件に合う車も合わない車もたくさん見かけた。法執行機関には見つからないように適度に警戒し、ライラ・ホスの手下には見つかるように適度に努力した。深夜だというのが役に立った。物事が単純になる。人がふるいにかけられる。無実の第三者のほとんどは家で寝ている。

三十分歩いたが、何も起こらない。

午前一時半になるまでは。

大まわりして二十二番ストリートとブロードウェイの角へ行くまでは。

51

偶然だが、ラットテリアを連れたあの若い女をまた見かけた。ブロードウェイを南の二十二番ストリートへ向かっている。小型犬は電柱に小便をかけたり素通りしたりしている。追い越すとき、犬がわたしに気づいて吠《ほ》えた。わたしは首をめぐらして自分がたいした脅威でないと安心させようとしたが、そのとき北の二十三番ストリートの信号を通過してくる黒のクラウンヴィクトリアが目の隅に映った。車体はきれいで、光沢があり、トランクの蓋から針のように突き出たアンテナが、三十メートル背後の車のヘッドライトに照らし出されている。

クラウンヴィクトリアは速度を落として徐行した。

このブロックのブロードウェイは幅が倍ある。すべて南への一方通行の車線が六本並び、信号を過ぎた中央に歩行者用の短い安全地帯がある。わたしは東側の歩道にいる。すぐ横にはアパートメントが建っている。その先には小売店の並びがある。西側には、六本の車線をはさんで、フラットアイアンビルディングがそびえている。その先にはやはり小売店の並びがある。

南へまっすぐ行ったところに地下鉄の入口がある。

犬を連れた若い女はわたしの後ろで左に曲がり、アパートメントにはいっていった。カウンターの向こうに守衛の姿が見える。クラウンヴィクトリアは六車線の奥から二本目で停車した。背後の車が追い越していくとき、ヘッドライトの光がクラウンヴィクトリアの前部座席にすわったふたりの男を浮かびあがらせた。動かずにすわっている。写真を確認しているのかもしれないし、連絡して指示を仰いでいるのかもしれないし、応援を呼んでいるのかもしれない。

わたしはアパートメント正面の植栽エリアを低く囲む煉瓦塀に腰掛けた。地下鉄の入口は三メートル向こうだ。

クラウンヴィクトリアはその場にとどまっている。

ブロードウェイをずっと南へ行ったあたりは歩道の幅が広い。小売店の前はコンクリートが張られている。その縁石側は細長い鉄格子で覆われ、地下鉄の換気口になっている。三メートル向こうの地下鉄の入口は細い階段だ。二十三番ストリート駅の南端にあたる。NとRとWの系統が走っている。おりれば北行きのホームに着く。

改札がHEET式であることに賭けた。出入口両用の、高さが天井まである回転棒式の改札機のことだ。金を賭けたわけではない。はるかに重要なものを賭けた。生命、自由、幸福の追求を。

　わたしは待った。

　車内の男たちはまだ動かずにすわっている。

　午前一時半の地下鉄はとっくに夜間ダイヤになっている。列車は二十分おきにしか来ない。地下から振動や轟音《ごうおん》は伝わってこない。空気も吹き出していない。ずっと南の歩道を覆う鉄格子の上のごみは動かないままだ。

　クラウンヴィクトリアの前輪が向きを変えた。パワーステアリングのポンプの音と、タイヤが路面にこすれる音が聞こえた。車は急角度で四車線を突っ切り、潰れたS字を描くようにして車体をまっすぐに戻すと、目の前の縁石に停車した。

　ふたりの男は車内にとどまっている。

　わたしは待った。

　連邦捜査官の車と見てまちがいない。共用車両だ。標準仕様のLXで、ポリスインターセプター・モデルではない。黒い塗装、プラスチック製のホイールカバー。歩道は人通りが少ないが、まったくないわけではない。家路を急ぐ人たちやぶらつく男女がいる。南の脇道にはクラブが何軒かある。酔って目つきの定まらない人たちがちらほらと出てきては、車道をのぞきこみ、流しているタクシーを探すのでそれとわかる。

車の中の男たちが動いた。ひとりは右に、もうひとりは左に体を寄せている。車に乗ったふたりが同時に内側のドアハンドルを手探りするときのように。

わたしは四十メートル南の歩道にある地下鉄の換気口を見つめた。

何も起こらない。空気は乱れていない。ごみも動かない。

ふたりが車をおりた。どちらもダークスーツを着ている。車に乗っていたせいで上着の腰のあたりに皺《しわ》が寄っている。助手席側の男がクラウンヴィクトリアの前をまわりこみ、路肩で運転席側の男と合流した。そこはわたしの真向かいで、歩道をはさんで六メートルほど離れている。すでにふたりはバッジを胸ポケットに留めている。距離があるのではっきりとはわからないが、ＦＢＩだろう。文民のバッジはどれも同じに見える。助手席側の男が「連邦捜査官だ」と言った。まるでそれが義務であるかのように。

わたしは返事をしなかった。

ふたりは路肩にとどまっている。縁石の上にはあがってこない。無意識の防衛機制だろう。縁石はささやかな城壁のようなものだ。実際にはなんの守りにもならないが、ひとたびそこを越えたら、ふたりには義務が生じる。何か行動を起こさなければならず、その後の展開は読めない。

地下鉄の換気口はなおも静まり返っている。

助手席側の男が呼びかけた。「ジャック・リーチャーだな？」

わたしは答えなかった。ほかに手がないのなら、とぼけるしかない。

運転席側の男が言った。「その場を動くな」

いま履いているのはゴム靴で、ふだんの靴よりもずっとゆるくて柔らかい。それでも、地下鉄の轟音の最初のかすかな前兆を靴越しに感じとれた。二十八番ストリート駅から南へ行く列車か、十四番ストリート駅から北へ行く列車だ。可能性は五分五分。南行きの列車はなんの役にも立たない。ブロードウェイのこちら側からは乗れない。望んでいるのは北行きの列車だ。

ずっと南の歩道を覆う鉄格子を見つめた。

ごみは動かない。

助手席側の男が大声で言った。「両手を見えるところに出しておけ」

わたしは片手をポケットに突っこんだ。理由のひとつはメトロカードを手探りするためであり、もうひとつはこうしたらどうなるかを確かめるためだ。クアンティコのFBIアカデミーの訓練では、公衆の安全がきわめて重視される。捜査官たちは緊急事態にかぎって銃を抜くよう指導される。卒業してから退職するまで、一度たりとも銃を抜かない捜査官も多い。いまは四方になんの罪もない人たちがいる。わたしの真後ろにはアパートメントのロビーがある。射界は上下左右に開けていて、流れ弾による悲劇がいつ起こってもおかしくない。通行人、車、低層階の寝室で眠る赤ん坊に。

ふたりの捜査官は銃を抜いた。

動作はまったく同じ。銃もまったく同じ。グロックの拳銃が、ショルダーホルスターからなめらかなすばやい動きで引き抜かれる。どちらも右利きだ。

助手席の男が言った。「動くな」

左のずっと先にある地下鉄の換気口の上でごみが揺れ動いた。北行きの列車が接近している。列車の前方にできた空気のダムが突進し、圧力を高め、出口を探している。わたしは立ちあがると、鉄柵をまわりこんで階段のおり口へ歩いた。速くも遅くもない足どりで、一度に一段ずつおりていく。背後から追ってくる捜査官の足音が聞こえる。コンクリートを硬い靴底が打ち鳴らしている。わたしよりましな靴を履いている。ポケットの中でメトロカードをまわし、正しい向きにして引っ張り出した。

改札機は高さがあった。監房さながらに横棒が床から天井まで並んでいる。回転扉は左右にひとつずつある。どちらも幅が狭くて高々としている。これなら改札係は必要ない。詰所に人を置いておく必要はない。メトロカードを読みとり装置に通すと、最後に残った一回ぶんが緑のライトを点灯させ、わたしは回転扉を押して抜けた。背後で捜査官たちが急停止する。ふつうの回転棒式改札機だったら、跳び越えてあとで弁明すればいい。しかし、無人のＨＥＥＴ式改札機ではそうはいかない。それに、ふたりはメトロカードを持ち歩いていない。おそらくロングアイランドで働いていて、車で通勤している。机の前か車の中で日々を過ごしている。ふたりは横棒の向こうで途方に暮れている。大声で脅すことも交渉することもできない。タイミングはちょうどよかった。すでに空気のダムが駅に押し寄せ、埃《ほこり》を飛ばしたり空のカップを転がしたりしている。三台目の車両がもうカーブをまわっている。列車はきしみ、うなりながら停止し、わたしは足を止めることなく乗りこんだ。ドアが閉まり、列車がわたしを連れ去っていく。最後に捜査官に目をやると、ＨＥＥＴ式改札機の向こう側で銃を脇に垂らして立ち尽くしていた。

52

乗ったのはR系統の地下鉄だ。R系統はブロードウェイに沿って走ってタイムズスクエアを抜け、少し直進してから、五十七番ストリートと七番アヴェニューの角で鋭く右に曲がって、五十九番ストリートと五番アヴェニューの角、さらに六十番ストリートとレキシントン・アヴェニューの角を通り、川の下をくぐって東のクイーンズへ向かう。クイーンズに行く気はしなかった。活気に富んだ区であるのは確かだが、夜は退屈だし、舞台はここではないという勘が働いている。舞台がマンハッタンであるのはまちがいない。おそらくイーストサイドの、五十七番ストリートからそう遠くないあたりだろう。ライラ・ホスは〈フォーシーズンズ〉を囮として使った。それなら真の拠点が近くにあるのはほぼ確実だ。目と鼻の先でなくても、行き来しやすいくらいには間近にある。

また、真の拠点はアパートメントや別のホテルではなく、タウンハウスだろう。ライラ・ホスは手下を連れてきているし、手下は人目を避けて出入りしなければならないからだ。

マンハッタンの東側にはタウンハウスが山ほどある。

地下鉄がタイムズスクエアを抜けていく。一団の人々が乗ってくる。すぐ先の四十九番ストリート駅へ向かう車内の乗客は二十七人になった。四十九番ストリート駅で五人がおり、乗客は減りはじめた。わたしは五番アヴェニュー－五十九番ストリート駅でおりた。まだ駅は出ない。ホームに立って列車が走り去るのを見送る。それからベンチにすわって待った。二十二番ストリートで出くわした捜査官たちは無線で連絡を入れたはずだ。いまごろR系統の駅から駅へと捜査官たちが急行している。車内や歩道で待ち、地下を進む列車がそろそろ着くだろうと思って緊張するが、わたしがこの駅ではおりなかったと判断してまた気をゆるめ、つぎの駅へ向かう。五分ほどとどまったら見切りをつけるだろう。だから待った。ゆうに十分ほど。それから駅を出た。地下からあがってきても、わたしを捜している者は見当たらなかった。人けのない角にはわたししかいなくて、正面では由緒正しき〈プラザホテル〉が明るく照らし出され、背後では公園が闇に沈んでいる。

ここは〈フォーシーズンズ〉の二ブロック北、一ブロック半西にあたる。

そして五十九番ストリート駅のちょうど三ブロック西にあたる。すべてがはじまった夜、スーザン・マークはそこで六系統の地下鉄をおりるつもりだった可能性が高い。

その瞬間、理解した。スーザン・マークは〈フォーシーズンズホテル〉へ向かっていたのではない。黒ずくめの服装で戦いに備えていたのではない。ホテルのロビーや廊下やスイートで戦うとは考えられない。明かりのあるところで黒ずくめの服装をしても利点はない。つまりスーザンは別の場所へ向かっていた。おそらく秘密の拠点に。それは暗く目立たない脇道にあるにちがいない。同時に、南北は四十二番ストリートから五十九番ストリートまで、東西は三番アヴェニューから五番アヴェニューまでの、最初に想定した六十八のブロックの中にあるにちがいない。この地区の特徴を考えれば、上半分にある可能性が高い。左上か、右上のどちらかに。それぞれ十六ブロックあまりから成る小さい四角ふたつのどちらかに。

そこには何がある？

候補となる所番地の数は二百万もある。

八百万に比べたら四倍もましだが、小躍りしたくなるほどではない。五番アヴェニューを渡って東へ向かい、またあてもなく歩きはじめた。暗がりにとどまり、車に注意しながら。二十番台のストリートに比べるとホームレスはずっと少ないので、建物の前に寝ているとよけいに目立ちそうに思える。だから車通りを観察し、だれに先に見つかるかで逃げるなり戦うなりしようと腹を決めた。

マディソン・アヴェニューを渡り、パーク・アヴェニューへ向かった。ここは〈フォーシーズンズ〉のちょうど裏側で、二ブロック南にあのホテルがある。通りは静まり返っている。並んでいるのは小売店の旗艦店やブティックの広告ばかりだが、店はどれも閉まっている。パーク・アヴェニューを南に曲がり、五十八番ストリートをまた東へ進んだ。たいしたものはない。タウンハウスもあるが、どれも似たような見た目をしている。褐色砂岩を使った五階建てか六階建てで、ファサードは味気なく、低い階の窓は鉄格子がはめられ、高い階の窓は鎧戸が閉まっていて、明かりは灯《とも》っていない。いくつかは小国の領事館だ。慈善団体や中小企業が箔《はく》付けに使っているオフィスもある。住居もあるが、複数のアパートメントに分割されている。その一部は明らかにファミリー向けだが、どの家族も施錠したドアの向こうで熟睡しているようだ。

そのままレキシントン・アヴェニューへ向かった。この先にはサットン・プレイスがある。住宅の多い閑静な地区だ。ほとんどはアパートメントだが、戸建てもある。昔、この地区の中心はもっと南東にあったのだが、楽観的な不動産仲介業者が境界を北西、特に西へ広げ、三番アヴェニューにまで接するに至った。新たに生まれたこの周縁部は匿名性がかなり高い。

隠れ家を設けるにはうってつけだ。

わたしは西へ東へ、北へ南へ歩きつづけた。五十八番、五十七番、五十六番のストリートや、レキシントン、三番、二番のアヴェニューを。いくつものブロックをくまなく捜した。何も目には飛びこんでこない。そしてだれも飛びかかってはこない。車を何台も見かけたが、どれも猛スピードで走り去っていった。驚いたように速度を落とし、ドライバーが歩道に視線を走らせるといったありがちな動きは見られない。人も何人も見かけたが、ほとんどは遠く離れていて、まったくの無害だった。犬を散歩させている不眠症の人や、イーストサイドの病院から帰宅する医療従事者や、ごみ収集業者や、外の空気を吸いにきたアパートメントの守衛たちだ。犬を散歩させているひとりが、ことばを交わせるくらい近くまで来た。犬は灰色の雑種の老犬で、飼い主は八十がらみの白人の老女だ。老女の髪は整えられ、化粧も完全に済ませてある。あとは白い長手袋さえあれば完璧に見える古風なサマードレスを着ている。犬が足を止め、悲しげにわたしを見ると、老女はそれを親睦を図る機会ととらえた。「こんばんは」

もう三時近くだったから、厳密には朝だ。だが、うるさ型には思われたくなかった。それでこう言うにとどめた。「どうも《ハロー》」

老女は言った。「そのことばが最近の造語であることはご存じかしら」

わたしは言った。「どのことばが？」

「〝ハロー〟よ」老女は言った。「電話の発明後にはじめて挨拶のことばとして作られたの。受話器を取ったとき、何か言わなければいけないと人々は考えたのね。昔の〝ハルー〟ということばを崩したのよ。本来はショックを受けたときや驚いたときにとっさに言うことばだったのだけれど。何か予想外のことに出くわしたとき、〝ハルー！〟と言っていたの。電話の甲高いベルの音に人々はびっくりしたのかもしれないわね」

「確かに」わたしは言った。「びっくりしたのかもしれない」

「電話はお持ち？」

「使ったことはある」わたしは言った。「もちろんベルの音も聞いたことはある」

「あの音は耳障りだとお思いにならない？」

「それが目的だろうから」

「そうね、さようなら」老女は言った。「お話しできてとても楽しかったわ」

これでこそニューヨークだ、と思った。老女は老犬を連れて歩いていく。わたしはそれを見送った。老女は東へ行ってから二番アヴェニューを南に曲がり、見えなくなった。わたしは向きを変え、また西へ行こうとした。だがそのとき、六メートル前で金色のシボレーインパラが路肩に急停車し、後部座席からレオニードがおりてきた。

53

レオニードを縁石の上におろすと車は再発進し、わたしの六メートル後ろで再停止した。運転手がおりてくる。うまい手だ。これでわたしは歩道で前後から挟撃される形になった。レオニードの様子は前と同じに見えてちがう。相変わらず長身で、相変わらず細身で、相変わらず頭を剃《そ》りあげて赤茶色の無精ひげを生やしているが、今度はまともな服を着て、眠そうな物腰は影を潜めている。身に着けているのは黒い靴、黒いニットのズボン、黒いパーカーだ。生気に満ち、機敏で、きわめて危険に見える。ただのチンピラではない。拳闘士や用心棒に近い。プロフェッショナルのように見える。訓練を受け、経験を積んでいる。

元兵士のように見える。

わたしはすぐ近くの建物の壁に背中を貼りつけ、ふたりを同時に視界に収められるようにした。左側がレオニードで、右側がもうひとりの男だ。もうひとりの男は三十代で、背が低く太っている。東欧系よりも中東系に見える。髪は黒っぽく、首らしい首がない。巨漢ではない。その点はレオニードと同じだが、垂直方向に縮めた結果、水平方向に膨れている。服装は似たようなもので、安っぽい黒のパーカーを着ている。ニットのズボンを見たとき、あることばが頭に浮かんだ。

〝使い捨て〟ということばが。

男がわたしに一歩近づく。

レオニードも同じようにする。

例によって選択肢はふたつ——戦うか、逃げるか。ここは五十六番ストリートの南側の歩道だ。道を走って渡り、逃走を試みることはできる。だがレオニードと相棒はおそらくわたしより足が速い。平均の法則だ。大半の人間はわたしより足が速い。サマードレスを着たあの老女もわたしより足が速いだろう。あの灰色の雑種の老犬も。

それに、逃げるのは気が進まない。逃げてすぐにつかまったら沽券《こけん》にかかわる。

だからその場にとどまった。

左側で、レオニードがもう一歩近づく。

右側で、背の低い男が同じようにする。

軍は身の隠し方を教えてくれなかったが、その代わりに戦い方をさんざん教えてくれた。わたしをひと目見て、ジムに送りこんだ。わたしは軍人の子女の多くと同じだった。珍しい生い立ちを持ち、世界中を転々とした。地元の人間から学ぶというのがわれわれの文化のひとつになっていた。学んだのは歴史や言語や政治的関心ではない。戦い方であり、地元の人間が得意とする技だ。極東では武道を、ヨーロッパのうらぶれた地区では殴り合いを、アメリカのうらぶれた地区では刃物と石と瓶の使い方を学んだ。十二歳になるころには、それらを組み合わせて躊躇《ちゅうちょ》なく猛攻撃するすべを身に着けていた。躊躇だけはしなかった。躊躇が何より危険であることを学んでいたからだ。ナイキが靴を作りはじめるよりずっと前に、〝とにかくやれ《ジャスト・ドゥー・イット》〟がわれわれのモットーになっていた。みずからも軍人の道に進んだ者たちは受け入れられ、指導され、さらなる教育を提供されて、一から鍛え直された。十二歳のときには、自分はタフだと思っていた。十八歳のときには、無敵だと思っていた。実際はちがう。とはいえ、二十五歳のときには、それにごく近い状態になっていた。

レオニードがさらに一歩進み出る。

もうひとりの男が同じようにする。

レオニードに視線を戻すと、手にはめたブラスナックルが見てとれた。

背の低い男も同じだ。

ふたりとも、すでにむだのない動きでその武器に指を通している。レオニードが横に一歩動いた。もうひとりの男も。角度を調整している。わたしは建物を背にしているので、正面の百八十度は開けている。ふたりは壁と四十五度の角度をなすように位置どろうとしている。こうすればわたしが飛び出そうとも、逃げ道はすべてふさいである。テニスのダブルスの選手のようだ。長い練習と、協力と、無意識の意思疎通が必要になる。

ふたりとも右利きだ。

ブラスナックルと戦うときに何より重要なのは、殴られないことだ。特に頭を。だが、腕やあばらに一撃を食らっても骨が折れて筋肉が動かなくなりかねない。

殴られないようにする最善の方法は、銃を抜いて三メートルほどの距離から敵を撃つことだ。的をはずさないほど近く、手が届かないほど遠くから。これで勝負は決まる。しかし、わたしにその選択肢はない。武器は持っていない。次善の方法は、間合いを離しておくか、すぐそばまで詰めるかのどちらかになる。離しておけば、向こうが夜通しこぶしを振りまわしてもすべて空振りに終わる。すぐそばまで詰めれば、こぶしを振りまわしようがない。間合いを離しておくためには、リーチでまさっていればそれを活用し、あるいは足を使う。わたしのリーチはかなりのものだ。腕はとても長い。テレビで観たシルバーバックも、わたしに比べればずんぐりとして見える。軍の教官たちはわたしのリーチについて、名前に引っかけたしゃれをよく言ったものだ。しかし、いまはふたりと相対しているし、蹴りを選択肢として組みこめるかどうかは自信がない。第一に、わたしはひどい靴を履いている。ゴムのガーデニングサンダルで、ゆるい。蹴れば脱げてしまう。裸足で蹴れば骨が折れる恐れがある。足は手よりなおもろい。ルールのある空手道場なら別だ。路上にルールはない。第二に、片足が地面から離れたとたん、バランスを失って攻撃されやすくなる。気がついたら倒れていて、つぎの瞬間には死んでいるかもしれない。だれかがそういう目に遭うのを見たことがある。だれかをそういう目に遭わせたこともある。

わたしは右のかかとを背後の壁に押しつけた。

そして待った。

ふたりはいっせいに突っこんでくるはずだ。九十度離れた位置から、同時に突撃する。ほぼ一歩で迫ってくる。好材料は、ふたりがわたしを殺そうとまではしないことだ。それはライラ・ホスに禁じられているにちがいない。あの女はわたしに用がある。死体からは何も得られない。

悪材料は、重傷の多くは致命傷に至らないことだ。

わたしは待った。

レオニードが言った。「わざわざ痛い思いをすることはないんだぞ。おとなしくおれたちについてきて、ライラと話したらどうだ」ライラ・ホスの英語に比べると品がない。訛《なま》りもあか抜けていない。それでも、意味は完全に理解している。

わたしは言った。「どこへついていく?」

「それを教えられないのはわかってるはずだ。ついてくるなら目隠しをしてもらう」

わたしは言った。「目隠しは遠慮しておこう。だが、おまえたちだってわざわざ痛い思いをすることはない。おとなしく立ち去って、わたしは見つからなかったとライラに言えばいい」

「それは事実じゃない」

「事実にとらわれるな、レオニード。事実はときとしてつらいものだ。ときとして災いをもたらす」

ふたりの敵から同時攻撃を受けるとき、こちらに有利な点は、敵が開始の合図を交わさなければならないことだ。視線やうなずき程度にせよ、それは必ずおこなわれる。つまり一瞬だけ前兆がある。仕切っているのはレオニードだろう。最初に口を開く者がたいていそうだ。レオニードが攻撃の指示を出す。わたしは細心の注意を払ってその目を観察した。

そして言った。「駅でのことを怒っているのか？」

レオニードは首を横に振った。「わざとおまえに殴らせた。必要だったからだ。ライラがそう言った」

わたしはその目を観察した。

そして言った。「ライラのことを教えてくれ」

「何を知りたい？」

「何者なのかを知りたい」

「いっしょに来て、本人に訊いてみろ」

「おまえに訊いている」

「やるべき務めのある女だ」

「務めとは？」

「いっしょに来て、本人に訊いてみろ」

「おまえに訊いている」

「重要な務めだ。必要な務めだ」

「具体的には？」

「いっしょに来て、本人に訊いてみろ」

「おまえに訊いている」

答はない。それ以上のやりとりも。ふたりが体に力をこめる気配がある。レオニードの顔を観察した。目を見開き、頭をさげて小さくうなずくのが見えた。ふたりが同時に突進してくる。わたしは背後の壁を蹴り、左右のこぶしを胸に押しつけて両肘を飛行機の翼のように突き出すと、相手に負けない勢いで自分も突進した。三角形が潰れるようにして、三人が一点で重なり、わたしの肘がふたりの顔を直撃する。背の低い男の上の歯が折れて飛ぶ感触が右腕に伝わり、レオニードの下顎が砕ける感触が左腕に伝わった。衝撃は質量と速度の二乗の積に比例する。わたしの質量は充分にあるが、靴は軟らかくて中が汗で滑るので、速度は本来ほどではなかった。

それで衝撃が少し減った。

それでふたりともまだ立っている。

それで仕事が少し増えた。

即座に身を翻し、特大の右のこぶしを大きく振って背の低い男の耳に叩きこんだ。力任せに、荒々しく。ただの凶悪な一撃だ。耳が頭の横で潰れて衝撃の一部を吸収したが、大部分は砕けた軟骨から頭蓋内にそのまま伝わった。首が横に折れ、もう一方の耳が向こう側の肩にぶつかる。そのときにはわたしは不恰好な靴を引きずりながら向きを変え、肘をレオニードの腹にめりこませていた。ペンシルヴェニア駅で殴ったのと同じ場所だが、力は十倍も強い。背骨が背中から飛び出しそうになるほどに。反動を利用して逆方向に跳び、また背の低い男に向き直った。相手は背を向けて前かがみになり、8カウントで立ちあがろうとしている。その腎臓に右のこぶしを下から叩きこんだ。衝撃で男が背筋を伸ばし、こちらを向く。わたしは両膝を曲げて突進し、眉間に頭突きを食らわせた。爆風並みの勢いで。肘では砕けていなかった骨が砕け、男が袋のようにくずおれる。レオニードがブラスナックルでわたしの肩を小突いた。

殴ったつもりなのだろうが、これだけ弱っていたら小突くので精一杯だ。わたしは時間をかけて力をこめ、慎重に狙いを定めて顎にアッパーカットを見舞った。顎は肘でもう砕けている。それがさらに少し砕けることになった。骨と肉がゆっくりと赤い弧を描いて飛び散り、街灯の光であざやかに浮かびあがる。歯だろうが、舌の切れ端も交ざっているかもしれない。

体が少し震えている。いつものように。過剰なアドレナリンで体がほてっている。副腎は働きはじめるのがいまいましいほど遅い。そして必要以上にそれを埋め合わせようとする。つまりアドレナリンの分泌が多すぎ、遅すぎる。十秒かけて息を整えた。さらに十秒かけて気を静めた。それからふたりの男を歩道の端へ引きずり、わたしが貼りついていた壁に寄りかからせた。引きずったせいでパーカーが一メートルも伸びている。安物だ。わたしの血で汚れたら使い捨てにするつもりだったのだろう。ふたりが倒れたり窒息したりしないように体勢を調整してから、右肘の関節をはずした。どちらも右利きだし、また会う可能性が高い。それなら戦闘不能にしておきたい。障害を負わせる必要はない。簡単なギプスで三週間も固定すれば完治するはずだ。

ふたりのポケットには携帯電話があった。二台とも取りあげた。どちらもわたしの写真が保存されている。どちらも通話履歴は削除されている。ほかには何もない。金も。鍵も。物的証拠も。どこから来たかを示す手がかりは何もない。いまのふたりはそれを白状できる状態でもない。痛めつけすぎた。意識を失っている。どのみち、たとえ気がついても、記憶が残っているとはかぎらない。名前も思い出せないかもしれない。脳震盪の影響は予測がつかない。救急救命士は脳震盪になった人に日付や大統領の名前を尋ねるが、あれはふざけているわけではない。

後悔はない。念には念を入れるくらいでちょうどいい。あとのことを考えながら戦う者は、たいていそこまでたどり着けない。自分があとに残っていない。だから後悔はない。とはいえ、純利益もない。それには苛立ちが募った。ブラスナックルもわたしの手には合わない。はめてみようとしたが、どちらもあまりに小さすぎた。それで六メートル向こうの排水溝に捨てた。

ふたりの車はまだ路肩でアイドリング中だ。ニューヨークのナンバープレートを付けている。カーナビゲーションシステムは積んでいない。つまり、拠点の位置を示すデジタルデータはない。ドアポケットにレンタカーの同意書が入れてあり、聞いたことのない名義と偽物らしいロンドンの所番地が使われている。グローブボックスには車の取扱説明書と螺旋《らせん》綴じの手帳とボールペンがあった。手帳には何も書きこまれていない。ボールペンを手に取ってふたりのもとに戻り、レオニードの頭に左の手のひらを強く押しつけて固定した。それからその額にボールペンで文字を書いた。皮膚に深く刻みこみ、大きな文字を何度もなぞって読みやすくした。

こう書いた――〝ライラ、電話しろ〟。

それから車を奪い、走り去った。

54

二番アヴェニューを南へ進み、五十番ストリートにはいって東の突きあたりまで行き、FDRドライヴから半ブロック離れた消火栓の隣に車を乗り捨てた。期待したのは、十七分署の警官たちがこの車を見つけて不審に思い、詳しく調べることだ。服は使い捨てにできる。車はそう簡単ではない。ライラの手下がハンマーで襲撃したあとにこのインパラで走り去ったのなら、車内に微細証拠が残っている可能性が高い。肉眼ではわからないが、科学捜査班は人間の視力だけに頼るわけではない。

シャツの裾でハンドルとセレクトレバーとドアハンドルを拭いた。それから鍵を排水溝に捨て、二番アヴェニューに歩いて戻ると、暗がりに立ってタクシーを探した。それなりの数の車が南のダウンタウンへ流れていて、どの車も背後の車のヘッドライトに照らし出されている。中に何人乗っているかが見てとれる。セリーサ・リーから聞いた情報が頭にあった。偽装したタクシーが、十番アヴェニューで北へ行って、二番アヴェニューで南へ戻るというルートで、大きな円を描いて走っている。ひとりが前に、ふたりが後ろに乗っている。運転手以外は確実にだれも乗っていないタクシーが来るのを待ってから、進み出て手をあげた。運転手は頭にターバンを巻いて顔の下半分をひげで覆ったインド出身のシーク教徒で、英語はほとんど話せなかった。警官ではない。南のユニオン・スクエアでタクシーをおり、暗がりのベンチにすわってネズミたちを眺めた。ネズミを観察するのなら、ユニオン・スクエアはこの街でうってつけの場所だ。昼に公園管理局が花壇に肉骨粉肥料を撒《ま》く。夜にネズミが出てきてそれに舌鼓を打つ。

四時、わたしは眠りに落ちた。

五時、奪った電話の一台がポケットの中で振動した。

目を覚ましたわたしは、一秒かけて左右と背後を確認したうえで、ズボンのポケットから電話を出した。呼び出し音は鳴っていない。低くうなっているだけだ。マナーモードだろう。外側の小さな白黒画面に〝番号非通知〟と表示されている。電話を開くと、内側の大きなカラー画面にも同じことが表示されていた。電話を耳にあてて「ハロー」と言った。最近の造語。ライラ・ホスが答えた。あの声、あの訛り、あの語法で。「宣戦布告することにしたようね。交戦規定が適用されるとは思わないことよ」

わたしは言った。「おまえはいったい何者なんだ」

「いずれわかる」

「いま知りたい」

「あなたの最悪の悪夢よ。二時間ほど前からそうなった。そしてあなたは、本来ならわたしのものをまだ持っている」

「だったら自分で取りにこい。いや、せっかくだから、もっと手下を送りこんでもらうほうがいいな。もう少し肩慣らしをさせてくれ」

「今夜はそちらがツキに恵まれただけよ」

わたしは言った。「ツキにはいつも恵まれている」

ライラ・ホスは訊いた。「いまどこにいる？」

「おまえの家の前だ」

一瞬の間があった。「いいえ、いない」

「そのとおり」わたしは言った。「だがおまえは家に住んでいることを自分から認めた。いまは窓際にいるはずだ。情報提供に感謝する」

「ほんとうはどこにいる？」

「フェデラルプラザだ」わたしは言った。「ＦＢＩといっしょにいる」

「嘘《うそ》ね」

「そう思いたければ思えばいい」

「どこにいるか言いなさい」

「おまえの近くだ」わたしは言った。「三番アヴェニューと五十六番ストリートの角にいる」

ライラ・ホスは返事をしようとして、急に思いとどまった。thの音を言いかけてやめている。有声の歯摩擦音だ。苛立ちと不満と少しばかりの優越感が混ざった文を言おうとしていた。〝そこはわたしの近くではない《ザット・ノット・クロース・トゥー・ミー》〟のような文を。

ライラ・ホスは三番アヴェニューと五十六番ストリートの角のあたりにはいない。

「最後の機会よ」ライラ・ホスは言った。「わたしは自分のものを取り返したいだけ」猫撫で声になっている。「なんなら取り決めをしてもいい。どこか安全なところにそれを置いて、場所を教えるのよ。あとはこちらで取りにいく。会う必要はない。報酬を払ってもいいわ」

「仕事は探していない」

「命が惜しくないの?」

「おまえなど恐くない、ライラ」

「ピーター・モリーナもそう言っていたわね」

「ピーターはどこだ」

「ここでわたしたちといっしょにいる」

「生きているのか？」

「確かめにくればいい」

「ピーターはコーチにメッセージを残していた」

「死ぬ前に録音させたテープをわたしが再生したのかもしれないわよ。ピーターはコーチが夕食どきには電話にけっして出ないことをしゃべってしまったのかもしれない。ほかにもいろいろとしゃべってしまったのかもしれない。わたしが口を割らせたのかもしれない」

わたしは訊いた。「いまどこにいる、ライラ」

「それは教えられない」ライラ・ホスは言った。「ただし、迎えにいかせることならできる」

三十メートル向こうの十四番ストリートを走るパトロールカーが見えた。ゆっくりと進んでいる。ピンク色の光が窓ガラスに反射し、運転手が首を右に左に向けている。

わたしは訊いた。「いつピーター・モリーナと知り合った？」

「バーで引っかけたときに」

「まだ生きているのか？」

「確かめにくればいい」

わたしは言った。「おまえに残された時間は少ない、ライラ。おまえはニューヨークでアメリカ人を四人殺した。それをうやむやにはできない」

「わたしはだれも殺していない」

「おまえの手下がやった」

「やった者たちはもう出国した。わたしたちは安泰よ」

「わたしたち?」

「質問が多すぎるわね」

「おまえの手下がおまえの命令で動いたのなら、おまえは安泰とは言えない。謀議したことになる」

「ここは法律と裁判の国よ。証拠はない」

「車は?」

「もう存在しない」

「わたしからは安泰ではいられない。必ず見つける」

「せいぜいがんばりなさい」

三十メートル向こうで、パトロールカーが速度を落として徐行している。

わたしは言った。「わたしに会いにこい、ライラ。それか国に帰れ。どちらかだ。

だが、どちらにしろ、おまえたちはもう負けている」

ライラ・ホスは言った。「わたしたちは負けてなどいない」

「わたしたちとはだれのことだ？」

しかし、答はなかった。電話は切れている。回線がつながっていないときの沈黙が流れるのみになっている。

三十メートル向こうで、パトロールカーが停車した。

わたしは電話を閉じ、ポケットにしまった。

ふたりの警官が車からおり、公園に向かってくる。

わたしはその場にとどまった。立ちあがって逃げるのは怪しすぎる。成り行きを見守ったほうがいい。公園にいるのはわたしだけではない。ほかにも四十人はいるだろう。ここに定住しているらしい人もいる。立ち寄っただけの人もいる。ニューヨークは大都市だ。五つの区がある。家路は長い。途中で一服したくなっても不自然ではない。

警官たちは眠っている男の顔に懐中電灯の光を向けた。

先へ進み、つぎの男を照らし出す。

さらにそのつぎの男を。

よくない。

まったくもってよくない。

しかし、その結論に達したのはわたしだけではない。公園のあちらこちらで人影がベンチから立ちあがり、ぎこちない足どりで四方へ散っていく。逮捕状の出ている者や、リュックサックに売り物を隠した密売人や、人嫌いの無愛想な一匹狼《いっぴきおおかみ》や、被害妄想にとらわれて権力を警戒している者だろう。

警官がふたり、数千平方メートルの土地、ベンチにすわったままの者が三十人ほど、移動をはじめた者が十人ほど。

わたしは静観した。

警官たちが近づいてくる。懐中電灯の光が夜の靄《もや》を貫く。長い影が伸びる。警官たちは三人目の人相を確かめてから、四人目に移った。さらに五人目に。立ちあがる人が増える。公園を離れる人もいれば、ベンチからベンチへ移る人もいる。公園のそこかしこに人影が浮かびあがり、一部は動かず、一部は動いている。何もかもがスローモーションの世界で、緩慢なダンスを踊っている。

わたしは静観した。

警官たちの身ぶりに迷いが現れている。むなしい試みだと気づいたかのように。まだベンチにすわっている人々に近づく。それから別のほうを向き、立ち去る人たちを懐中電灯で照らす。ふたりは歩いたり、前かがみになったり、向きを変えたりしている。規則性のようなものはない。行きあたりばったりに動いている。それでも近づいてくる。もう三メートルも離れていない。

が、そこであきらめた。

最後に形ばかり懐中電灯をひとめぐりさせてから、車に戻っていった。わたしはパトロールカーが走り去るのを見送った。ベンチにすわったまま息を吐き出し、奪いとってポケットに入れてある携帯電話のGPSチップに考えをめぐらした。ライラ・ホスが追跡用の人工衛星を利用できるはずがないと主張する自分がいる。しかし、〝わたしたちは負けてなどいない〟という台詞に注目する自分もいる。〝わたしたち〟というのはもったいぶったことばだ。一語だが、意味するものは広い。東側の悪党どもが手に入れたのは原油やガスのリース権にとどまらないのかもしれない。ほかのインフラも引き継いだのかもしれない。ソ連の情報機関はどこかで生き延びているはずだ。ノートパソコンやブロードバンド回線や自分が完全には理解していないさまざまなテクノロジーが頭に浮かんだ。

電話はポケットに入れたままにしたが、ベンチから立ちあがって地下鉄の駅へ向かった。

それは大きな過ちだった。

55

地下鉄のユニオン・スクエア駅は、主要なターミナル駅だ。エントランスホールは地下街並みに広い。入口も出口も路線も線路も複数ある。階段、詰所、回転棒式改札機の長い列もいくつもある。さらに、メトロカードのチャージや新規購入のできる機械が何台も並んでいる。わたしは現金で新しいメトロカードを買った。二十ドル札を二枚入れると、払ったぶんの二十回に加えて無料で三回乗れるメトロカードが出てきた。それを手に取り、向きを変えて歩きはじめた。時刻は朝の六時近くだ。駅は混みつつある。平日がはじまろうとしている。売店の前を通りかかった。千種類もの雑誌が置いてある。これから販売されるきょうのタブロイド紙の束も。分厚い新聞が高く積みあげられている。別々の二紙だ。どちらも巨大な見出しを打っている。一方は黒の顔料を大量に使い、大きな文字で〝連邦捜査官が三人組を捜索中〟と記している。もう一方は〝連邦捜査官が三人組を追跡中〟と記している。意味は大差ない。どちらかと言えば、わたしは〝捜索〟のほうが〝追跡〟より好みだ。そちらのほうが控えめで、必死さがない。穏やかと言ってもいいかもしれない。だれだって追跡されるより捜索されるほうがましだと思うだろう。

　向きを変えた。

　そしてふたりの警官がこちらを注意深く観察しているのに気づいた。

　ふたつの過ちがひとつの結果をもたらしたことになる。まず向こうが過ちを犯し、わたしがそこに過ちを重ねた。向こうの過ちはありきたりなものだ。二十二番ストリートとブロードウェイの角で遭遇した連邦捜査官たちは、わたしに地下鉄で逃げられたことを報告した。それで法執行機関はわたしがまた地下鉄で逃げるものと想定した。いつだって法執行機関は、機会さえあれば最後の戦いをもう一度挑みたがる。

　わたしの過ちは、その罠にむざむざと飛びこんでしまったことだ。

　詰所があるなら、改札係がいる。改札係がいるなら、HEET式の改札機はない。回転棒が太腿までの高さしかない、通常の改札機があるだけだ。わたしは新しいメトロカードを読みとり装置に通して回転棒を押した。地下街が長く広い歩行者用通路へと様相を変える。上下左右を示す矢印があり、路線や方面を示している。バイオリンを弾いている男の前を通りかかった。反響を活用できる場所に陣どっている。演奏はとても上手だ。感情のこもった深みのある音色を奏でている。ヴェトナム戦争の映画で聞いた覚えのある悲しげな古い曲を弾いている。早朝の通勤客に受ける曲ではなさそうだ。足もとに開いたバイオリンケースが置いてあるが、心づけはあまりはいっていない。バイオリン弾きをよく見ようとするかのように装ってさりげなく首をめぐらすと、後ろでふたりの警官が回転棒式改札機を乗り越えるのが見えた。

適当な角で曲がり、やや細い通路を進むと、北のアップタウン行きのホームに出た。人があふれている。そして鏡に映したようになっている。手前から奥へ向かって、ホームの端、線路、上の道路を支える鉄柱の列、南のダウンタウン行きの線路、ダウンタウン行きのホームがある。何もかもが対になっていて、それは通勤客も同じだ。疲れた人々が無気力に向かい合い、互いちがいの方向へ行こうとしている。

中央の鉄柱の両側に、給電用の第三軌条が背中合わせに延びている。駅構内の第三軌条の例に漏れず、カバーをしてある。カバーは三面を覆う箱形断面材で、列車側の面が開いている。

背後の左奥から、警官たちが混み合ったホームに現れた。反対側、つまり右側に視線を走らせた。別の警官がふたり、人混みを掻き分けている。警官たちは横幅があり、装備がかさばっている。肩に手を置いたり、手の甲を少し動かしたりして人々を順々にどかしていくさまは、まるで泳いでいるかのようだ。

わたしはホームの真ん中に移動した。少しずつ前に進み、黄色い警告線に足を乗せる。それから横に動き、柱が真後ろに来るようにした。左を見る。右を見る。列車は来ない。

警官たちが近づいてくる。その背後からさらに四人が現れた。わたしの左右からふたりずつ、人混みをゆっくりと着実に抜けてくる。

わたしは前に首を伸ばした。

トンネルにヘッドライトの光は見えない。

人混みが動き、わたしのそばに寄ってきた。あとから来た通勤客に押され、執拗《しつよう》に進む警官たちの立てるさざ波に乱され、もうすぐ列車が到着するはずだという地下鉄の乗客にありがちな無意識の予感に引きずられている。

ふたたび首をめぐらし、左右に視線を走らせた。

こちら側のホームには警官がいる。

八人も。

向こう側のホームには警官はひとりもいない。

人は第三軌条を恐れる。さわるつもりがなければ、恐れる必要はない。何百ボルトもの電圧があるとはいえ、電撃を放ってくるわけではないのだから。さわらぬ神に祟《たた》りなし。

56

お粗末な靴を履いていても、またぐのはたやすい。思いどおりに足を運べるかという点ではこのゴム靴は不利になるが、絶縁体になるかという点では有利になる。だがそれでも、舞台の振付のように、きわめて慎重に段どりをつけた。飛びおり、アップタウン行きの線路の中央に着地したら、右足を奥のレールに乗せ、左足で第三軌条をまたぎ、二本の鉄柱のあいだに体をねじこんで、右足でつぎの第三軌条をまたぎ、左足をダウンタウン行きの線路に進め、小股で慎重に歩き、安堵《あんど》の息をついてダウンタウン行きのホームによじのぼり、立ち去る。

実行はたやすい。

すぐ後ろにいる警官たちでも実行はたやすい。

おそらく前にも実行した経験があるだろう。

わたしは経験がない。

それで待った。首をめぐらし、左右に視線を走らせる。警官たちが迫っている。歩みをゆるめて陣形を整えるほど近くにまで。これからすべきことをどうやってするか、具体的に方法を決めるほど近くにまで。どのような手を使ってくるのかはわからない。だが何をするにせよ、慎重に事を進めるはずだ。おおぜいがいっせいに逃げ出す事態は避けたいにちがいない。ホームには人がひしめき合っている。突発事態が起これば、端から何人も転落するかもしれない。そうなったら裁判沙汰だ。

左に視線を走らせた。右にも。どちらからも列車は来ない。警察が緊急停止させたのだろうか。こういう場合に備えた訓練は何度もやっているはずだ。半歩前に出た。わたしと背後の柱とのあいだに、何人かが滑りこむ。そしてわたしの背中を押しはじめた。わたしはそれを押し返した。ホームの端の警告線はまるい突起を黄色に塗ってある。足を踏みはずしたり滑ったりする恐れはない。

警官たちはゆるやかな半円を作っている。わたしからは二メートル半ほど離れている。人々を外側に押しやりながら内側に進み、ゆっくりと慎重に包囲網をせばめている。向かい側のダウンタウン行きのホームから人々が眺めている。押し合いながらわたしを指差したりつま先立ちになったりしている。

わたしは待った。

列車の音が聞こえた。左側から。トンネル内で光が動いている。高速で迫ってくる。こちら側の列車だ。アップタウン行きの。背後で人混みが揺れ動いた。空気が押し寄せる音と、車輪の縁がこすれる音が聞こえる。明かりをつけた車両が揺れながらカーブをまわってくる。時速五十キロほどだろう。秒速ならおよそ十四メートル。二秒はほしい。それだけあれば事足りる。つまり列車があと二十八メートルの地点に来たら動かなければならない。警官たちは迫ってはこまい。すぐには反応できないかもしれない。時間の余裕がなくなる。そもそも、警官たちはホームの端から二メートル半離れている。そしてわたしとは優先すべきものがちがう。妻や家族や野心や恩給がある。家や庭や刈りたい芝や植えたい球根がある。

もう少し進み出た。

ヘッドライトが直進してくる。真っ向から。揺れながら。そのせいで距離をはかりにくい。

そのとき——右側からも列車の音が聞こえる。

ダウンタウン行きの列車が、反対方向から高速で近づいている。鏡に映したようだが、完璧に同調しているわけではない。カーテンの左側を閉めてから、右側を閉めるときのように。

だが、どれだけの時間差がある？

時間差は三秒は要る。つまり合計で五秒はほしい。ダウンタウン行きのホームによじのぼるのは、アップタウン行きのホームから飛びおりるよりずっと時間がかかるからだ。

一秒だけ間をとり、推測し、評価し、体感し、判断を試みた。

列車の轟音が左右から近づいてくる。

五百トンと五百トン。

接近速度は時速百キロほど。

警官たちがさらに迫る。

決断のときだ。

わたしは動いた。

アップタウン行きの列車があと三十メートルの地点まで来たところで、飛びおりた。線路のあいだに両足で着地し、バランスをとったら、段どりどおりに足を進めていく。本に載っているダンスの解説図のように。右足を出し、左足で第三軌条をまたぎ、両手を鉄柱にあてる。一瞬だけ足を止め、右側に視線を走らせる。ダウンタウン行きの列車はもう間近だ。アップタウン行きの列車が背後をかすめていく。ブレーキが甲高い音を立てる。突風がシャツをむしり取ろうとする。明かりのついた窓がコマ送りのように視界の隅を過ぎる。

わたしは右側を見つめた。

ダウンタウン行きの列車はやけに大きく見える。

決断のときだ。

わたしは動いた。

右足で第三軌条をまたぎ、左足を枕木に進める。ダウンタウン行きの列車はすぐそこだ。ほんの数メートルしか離れていない。揺れながら急ブレーキをかけている。運転手が見えた。口を大きくあけている。先頭車両が押し進める空気のダムを感じた。振付はやめた。前のホームへ向かってがむしゃらに跳んだ。一メートル半も離れていないのに、果てしなく遠く感じる。平原の地平線のように。だが、たどり着いた。右を向くと、ダウンタウン行きの列車正面のリベットやボルトがひとつひとつ見えた。わたしをめがけて突進してくる。ホームの端に手のひらを掛け、跳びあがった。密集した人々に押されて落とされそうだと思った。だが、何本もの手がわたしをつかんで引っ張りあげてくれた。列車が肩をかすめ、押し寄せる空気が体を揺らす。窓がつぎつぎに流れていく。騒ぎに気づいていない乗客は本や新聞を読んだり立って揺られたりしている。何本もの手がわたしを人混みに引きこんだ。まわりで人々が何か叫んでいる。慌てふためいて口を動かしているのは見てとれるが、何を言っているのかは聞きとれない。列車のブレーキの音で掻き消されている。わたしはうつむいて人混みを押し分けた。人々は左右にどいて通してくれた。通り過ぎざまに何人かがわたしの背中を叩いた。まとまりのない歓声が後ろから追いかけてくる。

これでこそニューヨークだ。

出口の改札機を抜け、地上へ向かった。

マディソン・スクエア・パークは七ブロック北だ。あと四時間近く潰さなければならない。パーク・アヴェニュー・サウスで買い物をしたり食事をしたりして過ごした。買いたいものがあったわけではない。特に空腹だったわけでもない。追っ手の予想外の行動に出るのがいつだって最善だからだ。だれだって逃亡者は急いで遠くへ逃げるものと思う。まさかすぐ近くで店やカフェに出入りして時間を浪費するとは思わない。

57

時刻は朝の六時を過ぎたところだ。営業しているのはデリ、スーパーマーケット、ダイナー、コーヒーショップくらいしかない。十四番ストリートに入口が、十五番ストリートに出口がある〈フード・エンポリアム〉へまず行った。そこで四十五分を過ごした。買い物かごを持って通路を歩き、品定めをするふりをした。ただうろつくよりも怪しくない。買い物かごを持たずに通路を歩くよりも怪しくない。警備員にどこかに通報されるのは避けたい。近くのアパートメントに住んでいるという設定にしてみた。想像上のキッチンにしまう二日ぶんの食材を買いこんでいくわけだ。コーヒーはもちろん買う。パンケーキ・ミックス、卵、ベーコン、パン、バター、いくらかのジャム、サラミ、百グラムのチーズも。それにも飽き、買い物かごが重くなると、だれもいない通路にかごを置き去りにして、店の裏から忍び出た。

つぎは四ブロック北のダイナーに寄った。右側の歩道を歩き、車には後ろ姿しか見せないようにした。ダイナーで他人が食材を買って作ってくれたパンケーキとベーコンを食べた。このほうが自分らしい。そこでは四十分を過ごした。それから半ブロック歩いてフランス風ビヤホールへ行き、コーヒーをさらに飲んでクロワッサンも食べた。向かいの椅子にだれかが置いていった《ニューヨーク・タイムズ》があったので、それを隅から隅まで読んだ。この街でおこなわれている捜索に関する記事は載っていない。政治面にサンソムの上院議員選に関する記事も載っていない。

残った二時間は四つに分けた。パーク・アヴェニューと二十二番ストリートの角のスーパーマーケットへ行ってから、その向かいのドラッグストア〈デュアンリード〉へ行き、つづいてパーク・アヴェニューと二十三番ストリートの角の〈CVS／ファーマシー〉へ行った。観察したかぎりでは、どうやらこの国は食料よりもヘアケア用品に金を使っているようだ。十時二十五分前になったので、買い物をやめて朝の明るい光のもとに出ると、遠まわりして二十四番ストリートの入口から目的地を入念に目で調べた。ここなら二棟の巨大なビルにはさまれているので暗く、目につきにくい。気になるものはない。怪しい車も、駐車されたバンも、耳からコードが伸びている地味な服装のふたり組や三人組も見当たらない。

そこで十時ちょうどに、マディソン・スクエア・パークに足を踏み入れた。

セリーサ・リーとジェイコブ・マークはドッグランのそばのベンチに並んですわっていた。休息はとれたようだが、ふたりともそれぞれの不安にとらわれ、ストレスをかかえているように見える。理由もそれぞれだろう。陽光を浴びながらくつろいでいる人はほかにも百人ばかりいる。この公園は木々と芝生と小道が長方形を作っている。横一ブロック、縦三ブロックを柵で仕切った小さなオアシスで、人通りの多い歩道に四方を囲まれている。公園は秘密の待ち合わせにそれなりに向いている。たいていの追っ手は動く標的に引きつけられる。逃亡者は動きつづけるものと思いこんでいる。都市の雑踏の中で静かにすわる百人のうちの三人は、通りを突き進む百人のうちの三人よりも目を引きにくい。

完璧ではないが、これくらいの危険は許容できる。

最後にもう一度周囲に視線を走らせてから、リーの隣に腰をおろした。新聞が渡される。先ほど見かけたタブロイド紙のひとつだ。〝追跡中〟の見出しがある。リーは言った。「わたしたちが三人の連邦捜査官を撃ったことになっているわよ」

「撃ったのは四人だ」わたしは言った。「医療技師を忘れているぞ」

「とにかく、まるでわたしたちが本物の銃を使ったかのように書いている。相手が死んだかのように」

「部数を稼ぎたいのだろう」

「面倒なことになったわよ」

「それはもうわかりきっている。ジャーナリストに教えてもらうまでもない」

リーは言った。「ドハーティからまた連絡があった。電話の電源を切っていたから、テキストメッセージをひと晩中送ってくれたみたい」

ベンチから腰を浮かし、尻ポケットから紙の束を取り出す。黄みがかったホテルの便箋を三枚、四つ折りにしてある。

わたしは言った。「メモをとったのか？」

リーは言った。「長いメッセージだったのよ。読み直したいところがあっても、電話の電源は入れたくなかったから」

「それで、何がわかった？」

「十七分署がこの街の玄関口になっている交通機関を調べた。重大犯罪が起こったときの通常の手順よ。死亡推定時刻の三時間後に四人の男が出国している。ＪＦＫ空港から。十七分署はこの男たちを重要参考人と見なしている。ありそうな筋書きね」

わたしはうなずいた。

「十七分署の読みどおりだ」と言った。「ライラ・ホスから聞いた」

「あの女と会ったの？」

「電話がかかってきた」

「どの電話に？」

「レオニードから奪った二台目の電話に。レオニードとその相棒がわたしを見つけた。理想の展開とは言えないが、接触できたことは確かだ」

「ライラ・ホスが関与をみずから認めたということ？」

「そう言っていい」

「それなら、本人はどこにいるの？」

「正確にはわからない。五番アヴェニューの東側、五十九番ストリートの南側のどこかだと思う」

「どうして？」

「ライラ・ホスは〈フォーシーズンズ〉を前線基地として使っていた。なぜわざわざ遠出をする？」

リーは言った。「クイーンズに全焼したレンタカーが放置されていた。十七分署は、四人の男がその車でマンハッタンを出たのだろうと考えている。そして車を乗り捨て、高架鉄道で空港へ行った」

わたしはふたたびうなずいた。「犯行に使った車はもう存在しないとライラは言っていた」

「でも、気になることがある」リーは言った。「四人の男はロンドンにもウクライナにもロシアにも戻っていないのよ。飛行機を乗り継いでタジキスタンへ行っている」

「それはどこにある？」

「知らないの？」

「ああいう新しい国のことはよくわからない」

「タジキスタンはアフガニスタンの隣国よ。国境を接している。パキスタンとも近い」

「パキスタンには直行便があったな」

「そのとおり。だから、この男たちはタジキスタンから来たか、アフガニスタンから来たかのどちらかね。タジキスタンからなら目立たずにアフガニスタンに入国できる。ピックアップトラックで国境を越えればいい。悪路だけど、カーブルはそう遠くない」

「なるほど」

「気になることはもうひとつある。国土安全保障省はプログラムを活用している。コンピュータのアルゴリズムのようなものね。旅程が似ていて、予約が重なっていれば、その一団を追跡調査できるのよ。この四人の男は三ヵ月前にタジキスタンから入国していて、同行者の中にはトルクメニスタンのパスポートを持ったふたりの女もいた。ひとりは六十歳で、もうひとりは二十六歳だった。ふたりはいっしょに入国審査を受け、母と娘だと申告した。国土安全保障省が誓って言うには、ふたりのパスポートは本物だったそうよ」

「なるほど」

「つまり、ホス親子はウクライナ人じゃなかった。ふたりの話は何もかも嘘だった」

ゆうに二十秒のあいだ、われわれは無言でその情報を咀嚼《そしやく》した。わたしはライラの話をひとつひとつ検討し、消去した。抽斗《ひきだし》からファイルを出して軽く目を通し、ごみ箱にほうりこむときのように。

わたしは言った。「〈フォーシーズンズ〉でふたりのパスポートを見た。ウクライナのものに見えたが」

リーは言った。「偽造パスポートね。本物だったら入国審査のときに使ったはず」

わたしは言った。「ライラの目は青かった」

リーは言った。「それはわたしも気づいたけど」

「トルクメニスタンはどこにある？」

「同じくアフガニスタンの隣国よ。国境線は長い。アフガニスタンはペルシャ湾から時計まわりに、イラン、トルクメニスタン、ウズベキスタン、タジキスタン、パキスタンに囲まれている」

「ソヴィエト連邦の一部だったころのほうが楽だったな」

「住民はそうは思わなかったでしょうけどね」

「トルクメニスタンとアフガニスタンの民族は似ているのか？」

「たぶん。あのあたりの国境はどれも勝手に決められたものだし。歴史の偶然ね。重要なのは部族の境界よ。地図の線はそれとなんの関係もない」

「きみは専門家なのか？」

「ニューヨーク市警はＣＩＡよりもあの地域に詳しいの。どうしても詳しくなるのよ。あの地域出身の警官がいるから。どこよりも情報源が充実しているから」

「アフガニスタン出身の人物でもトルクメニスタンのパスポートを取得できるのか？」

「移住することで？」

「協力を仰ぐことで」

「同じ民族のシンパに？」

わたしはうなずいた。「非合法で取得したのかもしれない」

「どうしてそんなことを訊くの？」

「アフガニスタン人の一部は目が青いからだ。特に女性は。人口の一部はほかとちがう遺伝子を受け継いでいる」

「ホス親子はアフガニスタン出身だと考えているの？」

「あのふたりはソ連との紛争にやたらと詳しかった。多少は粉飾していたが、細部のほとんどを正しくとらえていた」

「本で読んだのかもしれない」

「いや、肌感覚を正しくとらえていた。雰囲気も。古い外套《がいとう》の話がそうだ。そうした細部までは広く知られてはいなかった。つまり内部情報だ。公には、言わずと知れた理由から、赤軍は充分すぎるほどの装備を有していることになっていた。われわれのプロパガンダでも、やはり言わずと知れた理由から、そうなっていた。だが、それは事実ではなかった。赤軍は瓦解しつつあった。わたしには、ホス親子の話の多くは一次情報のように思えた」

「だから？」

「スヴェトラーナは実際に現地で戦ったのかもしれない。ただし、別の陣営で」

リーは一瞬黙った。「ホス親子はアフガニスタンの部族民だと考えているの？」

「スヴェトラーナが現地で戦ったとして、ソ連のために戦ったのでないのなら、当然そうなる」

リーはまた一瞬黙った。「その場合、スヴェトラーナは一部始終を別の陣営の視点から語ったことになる。何もかもが逆になる。残忍な行為を含めて」

「そうだ」わたしは言った。「スヴェトラーナは残忍な行為の被害者ではなかった。加害者だった」

・

われわれはまた二十秒ほど黙りこくった。わたしは公園の四方に目を配りつづけた。〝見るのではなく観ろ、聞くのではなく聴け。真剣に取り組むほど、長く生き延びられる〟。だが、目を引くものは何もない。不穏な事態は何も起こっていない。人々が行き交い、ドッグランに犬を連れていき、ハンバーガーの屋台の前に列を作っている。まだ昼前だが、日中の何時だろうと夜間の何時だろうとだれかにとっては昼食どきになる。一日をいつはじめるかしだいだ。リーは便箋をめくっている。ジェイコブ・マークは地面を見つめているが、地表のはるか下にあるものに視線を注いでいる。そしてようやく前に身を乗り出すと、首をめぐらしてわたしを見つめた。来たか、とわたしは思った。大きな問題。乗り越えなければならない障害。

ジェイクは尋ねた。「ライラ・ホスから電話があったとき、ピーターの話は出たか？」

わたしはうなずいた。「バーで引っかけたそうだ」

「なぜ四時間もかけた？」

「狙いを隠すためだ。楽しみ、操るためでもあっただろう。あの女にはそれくらいたやすい」

「ピーターはいまどこにいる？」

「この街にいるとライラ・ホスは言っていた」

「無事なのか？」

「それは教えようとしなかった」

「無事だと思うか？」

わたしは答えなかった。

ジェイクは言った。「言ってくれ、リーチャー」

わたしは言った。「いや」

「言いたくないということか？」

「ちがう、無事だとは思えないということだ」

「それでも、一縷《いちる》の望みはある」

「わたしがまちがっている可能性もある」

「女はなんと言っていた？」

「わたしがおまえなど恐くないと言うと、ピーター・モリーナもそう言っていたと答えた。無事なのかと尋ねたら、確かめにくればいいと答えた」

「それなら無事かもしれない」

「見こみはある。だが、現実的になるべきだと思う」

「何が現実的だ。なぜアフガニスタンの部族民ふたりがピーターに手を出す？」

「もちろん、スーザンへの足がかりとするためだ」

「なんのために？　ペンタゴンはアフガニスタンへの支援をおこなっているはずなのに」

わたしは言った。「スヴェトラーナが部族民として戦っていたのなら、ムジャヒディーンの一員だったはずだ。ロシア人の撤退後、ムジャヒディーンは山羊《やぎ》の世話に戻ったわけではない。行き着くところまで行った。一部はタリバンになり、一部はアルカーイダになった」

58

ジェイコブ・マークは「ピーターの件を警察に知らせにいかなければ」と言って、ベンチから腰を浮かした。わたしはセリーサ・リーの前に身を乗り出し、ジェイクの腕をつかんだ。

「よく考えろ」

「何を考えろと？　おれの甥《おい》は拉致の被害者だ。人質になっている。ライラ・ホスがみずから認めた」

「警察がどう対応するかを考えろ。すぐさま連邦捜査官に連絡するはずだ。連中にはもっと優先したいものがあるから、きみはまた監禁され、ピーターは二の次にされる」

「手をこまねいているわけにはいかない」

「ピーターは死んだんだ、ジェイク。残念だが、それを受け止めるべきだ」

「まだ望みはある」

「だとしても、ピーターをいちばん早く見つける方法は、ライラを見つけることだ。われわれなら、あの連邦捜査官たちよりもうまくやれる」

「本気か？」

「連中の仕事ぶりを考えてみろ。ライラ・ホスを一度見失い、われわれの脱獄も許した。わたしなら、図書館に本を借りにいかせるのも頼まないな」

「おれたちだけでどうやって見つける？」

わたしはセリーサ・リーを見た。「サンソムとは話したか？」

吉報と凶報の両方があるかのように、リーは肩をすくめた。「少しだけ話した。自分もそちらに出向きたいと言っていた。場所と時間を調整してからかけ直すと言っていたけど、電源を切っているから電話は通じないはずだと答えたのよ。それなら代わりにドハーティの携帯電話にかけるから、ドハーティに電話してメッセージを聞いてくれと言われた。だからそのとおりにしたのに、ドハーティは出なかった。それで分署の交換台にかけてみた。ドハーティには連絡がとれないと通信指令係は言っていた」

「どういうことだ」

「ドハーティも逮捕されたんだと思う」

それで事態は一変した。リーが重い口を開いて説明しはじめる前から、わたしはそう察した。リーは折りたたんだ便箋を差し出した。わたしはリレーでバトンを渡されるときのように、それを受けとった。ここからはわたしが全速力で走る番だということだ。リーは走り終え、まろびながらコースからはずれようとしている。女刑事は言った。「あなたならわかるわよね？　わたしはもう出頭しないと。ドハーティはパートナーなの。この狂気にひとりで立ち向かわせるわけにはいかない」

わたしは言った。「ドハーティはすぐに自分を見捨てるはずだと言っていなかったか」

「でも見捨てなかった。どちらにしても、わたしにはわたしのルールがある」

「なんの得にもならないぞ」

「ならないかもしれない。それでも、パートナーを見放すことはしない」

「きみは自分から勝負を投げようとしている。監房の中からではだれも助けられない。外にいるほうが中にいるよりいつだっていい」

「それはあなたが特別なのよ。あなたはあすにでも立ち去れる。わたしは無理。ここで暮らしているんだから」

「サンソムはどうする？　時間と場所を決めなければ」

「それについては何も聞いていないのよ。どのみち、サンソムには用心したほうがいい。電話での口ぶりは妙だった。本気で激怒しているようにも、本気で不安がっているようにも受けとれた。ここに来たとしても、サンソムがどちらの側につくかはわからないわよ」

それからリーはレオニードの一台目の携帯電話と非常用充電器を渡した。わたしの腕に手を置き、少しのあいだ、少しの力をこめて握る。抱き締めたり、幸運を祈る身ぶりをしたりしたいときに代わりに使える便利なしぐさだ。その瞬間、われわれ三人のかりそめの協力態勢は完全に終了した。リーが腰をあげようとする前から、ジェイコブ・マークが立って言った。「ピーターがこんな目に遭ったのはおれのせいだ。確かにおれはまた監房行きになるかもしれないが、少なくとも連中はピーターを捜してくれるだろう」

「われわれだって捜せる」わたしは言った。

「人手も手段もない」

わたしはふたりを見つめて尋ねた。「ほんとうにこれでいいのか？」

これでいいらしかった。ふたりはわたしから離れ、公園を出て五番アヴェニューの歩道へ行くと、タクシーをつかまえるときのように、立って首を伸ばしてパトロールカーを探した。わたしは一分ほどひとりきりですわってから、立ちあがって反対方向へ歩いた。

つぎに向かうべき場所は、五番アヴェニューの東側、五十九番ストリートの南側のどこかにある。

59

マディソン・スクエア・パークはマディソン・アヴェニューの南端にあり、二十三番ストリートに接している。マディソン・アヴェニューはここから北へ百十五ブロックをまっすぐに突っ切ってマディソン・アヴェニュー橋へ至り、ブロンクスに通じている。ヤンキー・スタジアムにはこの道から行けるが、ほかの道を使うほうがいい。わたしはマディソン・アヴェニューを三分の一ほど行った五十九番ストリートへ向かうことにした。そこはライラ・ホスがいないと言った三番アヴェニューと五十六番ストリートの角の少し北にあたる。

開始地点としては最適だ。

バスに乗った。騒々しい音を立ててのろくさと走る乗り物で、目を血走らせた逃亡者が乗るとは思えないから、身を隠すのにちょうどいい。道は混んでいて、徒歩や車でパトロールしている警官がたくさんいる。窓越しに警官を見つめても、だれも見つめ返してこない。バスの乗客は透明人間のようなものだ。

五十九番ストリートでおり、透明人間をやめた。ここには最高級の小売店が集まっている。だから最高級の観光客が集まる。だから安心感を与えるべく、どの角にもふたり組の警官が立っている。脇道を通って五番アヴェニューへ行き、セントラルパークの南端に並んだ露店を見つけ、〝ニューヨーク市〟の文字が記された黒いTシャツと、まがい物のサングラスと、赤いリンゴが描かれた黒い野球帽を買った。ホテルのロビーにあったトイレでシャツを着替え、身なりを少し変えてマディソン・アヴェニューに戻った。いま勤務中の警官が当直司令と話してから四時間は経っている。四時間あれば人は多くのことを忘れる。警官が覚えているのは〝長身〟と〝カーキ色のシャツ〟くらいのものだろう。身長はどうにもならないが、新たな黒い上半身は目を引きにくいはずだ。加えて、シャツの文字とサングラスと帽子のおかげで、よくいるまぬけなおのぼりさんのように見えるにちがいない。

実際、いまのわたしはそう言っていい。自分が何をしているのか、よくわかっていない。秘密の隠れ家を見つけるのはいつだってむずかしい。人口の密集した大都市でそれを見つけるのは不可能に近い。だからわたしも行き当たりばったりにブロックを調べ、はじめから完全にまちがっているかもしれない土地鑑にしたがい、候補を絞る理由を探そうとしているにすぎない。〈フォーシーズンズホテル〉。目と鼻の先でなくても、行き来しやすいくらいには間近にある。それはどれくらい近くなのか。車で二分？　歩いて五分？　方角は？　南ではないだろう。五十七番ストリートの向こうではない。この道は街を横切る大通りになっている。東行きと西行きの車線が合わせて六本ある。いつも混んでいる。マンハッタンという一地域の地理において、五十七番ストリートはミシシッピ川のようなものだ。障害であり、境界でもある。身を潜めるなら、北のもっと静かで薄暗いブロックのほうがずっと望ましい。

車通りを眺めながら考えた――車で二分ではない。車での移動はどうしても確実性や柔軟性に欠け、遅れることもある。一方通行のストリートやアヴェニューもあるし、駐車に手間どるし、搬入口で待っているとだれかの記憶に残る恐れもあるし、ナンバープレートを追跡されたり照会されたりする恐れもある。

だれだろうと、都市では車よりも歩きのほうがいい。

五十八番ストリートにはいって、〈フォーシーズンズホテル〉の裏口まで歩いた。正面玄関に負けず劣らず豪華だ。真鍮と石が使われ、旗が翻り、制服姿のポーターとシルクハットをかぶったドアマンがいる。縁石沿いにリムジンが長い列を作っている。リンカーン、メルセデス、マイバッハ、ロールス・ロイス。合わせて百万ドルをゆうに超える自動車が二十五メートルほどの空間に押しこまれている。搬入口の灰色のシャッターは閉まっている。

ホテルのドアに背を向けて、ベルボーイのそばに立った。どこへ行くべきか。通りの向こう側には高層ビルが連なっているだけだ。ほとんどはアパートメントで、一階を一流のテナントに賃貸ししている。真向かいは画廊だ。クロムめっきを施したバンパーとバンパーのあいだに体を押しこんで道を渡り、陳列窓に置かれた絵を一瞥した。それから向きを変え、こちら側の歩道から背後を振り返った。

ホテルの左側、つまりパーク・アヴェニュー側にはとりたてて気になるものはない。

右を向き、マディソン・アヴェニュー側を眺めているうちに、ひらめいた。〈フォーシーズンズホテル〉は法外な資金を投じてしばらく前に建設された。隣接するビルはどれも落ち着いた雰囲気があり、立派で堅固だ。一部は古く、一部は新しい。それに対し、このブロックの西端には三棟の古いビルが並んでいる。細長い五階建ての煉瓦造りで、入口が通り側にしかなく、風雨にさらされた壁は剝がれたり欠けたり汚れたりして、かなり古びている。窓は汚れ、横木はたわみ、陸屋根《ろくやね》の出っ張りに沿って雑草が生え、古い鉄製の非常階段が上の四つの階へとジグザグに延びている。まるでこの三棟は、にこやかな笑顔の中にまぎれこんだ三本の虫歯のように見える。一棟目は一階にレストランがはいっているが、廃業している。二棟目には金物店がはいっている。三棟目にはとうの昔に潰れた会社がはいっているが、なんの会社だったのかは不明だ。どのビルもテナントの横に地味な狭い入口を設けている。二棟の入口には呼び鈴のボタンがいくつも並んでいるから、アパートメントだと推測できる。かつてのレストランの隣のドアには呼び鈴のボタンがひとつしかないから、上の四つの階を何者かが単独で使っていると推測できる。

ライラ・ホスはロンドンから来たウクライナの億万長者などではなかった。あれは嘘だった。となれば、正体がなんだろうと、資金はかぎられている。必要に応じて〈フォーシーズンズ〉のスイートが使えるくらいなのだから、資金が潤沢なのはまちがいない。しかし、無尽蔵ではあるまい。そしてマンハッタンのタウンハウスは買うなら価格は最低でも二千万ドルはする。借りるにしても、月の家賃は何万ドルもする。

いま見つめているこの三棟のような崩れかけた雑居ビルなら、ずっと安あがりにプライバシーを確保できる。ほかにも利点がありそうだ。近くに守衛はいないし、詮索の目も少ない。さらに、レストランや金物店をやっているなら昼夜を問わず配達があるものだと思いこんでもらえる。いつだれが出入りしても、たいして注意を引かずに済むだろう。

通りの先へ行き、向かいの縁石の上に立って、三棟の古いビルを見あげた。歩道を絶え間なく流れる人々がわたしをかすめていく。邪魔にならないように路肩に立った。向こうのマディソン・アヴェニューと五十七番ストリートの角に警官がふたりいる。五十メートルほど斜めに行ったところだ。こちらを見てはいない。わたしはビルに視線を戻し、頭の中で自分の推測を検討した。六系統の地下鉄が停まるレキシントン・アヴェニューの五十九番ストリート駅は近くにある。〈フォーシーズンズ〉も近くにある。三番アヴェニューと五十六番ストリートの角は近くにない。〝そこはわたしの近くではない〟。匿名性は確実に保たれる。費用はそれほどかからない。五打数五安打。完璧だ。自分が探しているのは、いま目の前にある三つのビルと似たような建物で、ホテルの裏口から東西へ徒歩五分の扇形の中に位置している可能性がある。ここより北だったら、スーザン・マークはミッドタウンに車を停めて、ずっと先の六十八番ストリート駅で地下鉄をおりようとしたはずだから、それはありえない。五十七番ストリートが心理的な障壁になるから、ここより南もありえない。ライラ・ホスたちは〈フォーシーズンズ〉を前線基地として使っていたのだから、ここはまったく別の場所もありえない。まったく別の場所なら、別のホテルを使っていたはずだ。ニューヨーク市は高級ホテルに事欠かない。

申しぶんなくつじつまが合う。申しぶんがなさすぎるかもしれない。絞りこめたのは確かだ。スーザン・マークは五十九番ストリート駅で地下鉄をおりて北から拠点に近づくつもりだったのであり、五十七番ストリートは南の心理的な障壁になったと考えるのなら、ちょうどこの五十八番ストリートが目的地になる。そしてマンハッタンのブロックの東西は徒歩五分ほどの長さがある。したがって、ホテルの裏口から左右に五分の範囲は、いまわたしがうろついているブロックか、東隣のパーク・アヴェニューとレキシントン・アヴェニューにはさまれたブロックまでになる。このあたりで崩れかけた雑居ビルはまれだ。とっくに大企業に追い払われている。いま目の前にあるのが、この郵便番号の地域内で残された最後の三棟だという可能性は充分にある。つまり、いま目の前にあるのが、ライラ・ホスの隠れ家だという可能性は充分にある。

可能性は充分にあるとはいえ、さすがにそれはないだろうと思った。わたしも人並みには幸運を信じているが、無分別ではない。

しかし、わたしはロジックも信じている。おそらく人並み以上に。そしてロジックがわたしをこの場所に導いた。もう一度それを検討し、自分を信じることにした。

もうひとつの要因があったからだ。

同じロジックが別の人物もここに導いたという要因が。

スプリングフィールドが路肩におりてわたしの隣に立ち、言った。「ここだと思うのか？」

60

スプリングフィールドは前に会ったときと同じスーツを着ている。灰色の夏物のウールで、なめらかな生地はかすかに光沢がある。まるで着たまま眠ったかのように、皺が寄っている。実際、眠ったのかもしれない。

スプリングフィールドは言った。「ここがそうだと思うのか？」

わたしは答えなかった。周囲に視線を走らせるので忙しかったからだ。何百人もの人と、何十台もの車を見まわす。しかし、気になるものは何もない。スプリングフィールドはひとりきりだ。

わたしはまた前を向いた。

スプリングフィールドがふたたび尋ねた。「ここがそうだと思うのか？」

わたしは訊いた。「サンソムはどこだ」

「自宅に残った」

「なぜ？」

「この手のことは厄介だし、おれのほうが優秀だからだ」

わたしはうなずいた。将校よりも自分のほうが優秀だという下士官にありがちな信念だ。おおむねそれは正しい。事実、わたしも自分の部下たちに満足していた。わたしのために何度もすばらしい働きをしてくれた。

わたしは訊いた。「それで、何を取引したい？」

「取引？」

「あんたとわたしのあいだの」

「おれたちは取引していない」スプリングフィールドは言った。「いまはまだ」

「これから取引するのか？」

「まずは話をするべきだろうな」

「どこで？」

「あんたが決めていい」スプリングフィールドは言った。これは好材料だ。いまからわたしを罠にかけたり待ち伏せしたりするつもりだとしても、即席でやらなければならず、手際が悪くなる。わたしが対抗できる可能性も出てくる。

わたしは尋ねた。「この街にはどれくらい詳しい？」

「立ち寄ったことがある程度だ」

「左に二回曲がって、東五十七番ストリート五十七へ行け。わたしは十分後に行く。

中で会おう」

「そこはどんなところなんだ」

「コーヒーが飲める」

「いいだろう」スプリングフィールドは一階にレストランがはいっているビルをもう一度見てから、車のあいだを縫って道を斜めに渡り、左に曲がってマディソン・アヴェニューにはいった。わたしは反対方向へ行き、〈フォーシーズンズ〉の裏口の前で足を止めた。〈フォーシーズンズ〉の裏口はこの五十八番ストリートにある。建物の南北はブロックの端から端まであるので、正面玄関は五十七番ストリートにある。正確には東五十七番ストリート五十七に。四分は先まわりできる。仲間を連れているかどうかを確かめられる。スプリングフィールドの前か、同時か、あとにだれかがはいってくればわかる。わたしは裏口からロビーへ行くと、帽子を脱いでサングラスをはずし、目立たない隅に立って待った。

スプリングフィールドは時間どおりに、つまり四分後にひとりでやって来た。通りに慌てて仲間を配置している時間はない。会話をしている時間もない。携帯電話で話している時間もないだろう。だれかに電話をかけて話すとき、たいていの人は歩みが少し遅くなるものだ。

　正装した男がドアの近くにいる。黒のモーニングコートに銀のネクタイというい　でたちだ。コンシェルジュやボーイ長ではない。出迎え係のたぐいだろうが、もっとたいそうな肩書きを持っているはずだ。男はスプリングフィールドに歩み寄ったが、一瞥されただけでまるで平手打ちでもされたかのように引きさがった。スプリングフィールドはそんな顔をしている。

　スプリングフィールドは一瞬立ち止まって場所を確かめると、わたしがホス親子と会った喫茶店へ向かった。わたしは隅にとどまって通りに面したドアを観察した。応援はいない。目立たないセダンが外に停まったりもしていない。十分待ち、さらに念を入れて二分待った。何も起こらない。高級シティホテルらしい人の出入りがあるだけだ。金持ちがはいってきては金持ちが出ていく。貧しい人が動きまわって金持ちのために働いている。

　喫茶店に歩み入ると、スプリングフィールドはライラ・ホスが使った椅子にすわっていた。この前と同じ気品のある老ウェイターが働いている。ウェイターが席に来た。スプリングフィールドはミネラルウォーターを注文した。わたしはコーヒーを頼んだ。ウェイターはかすかにうなずいて立ち去った。

　スプリングフィールドは言った。「あんたはこのホテルでホス親子と二度会っているな」

わたしは言った。「一度はちょうどこの席だった」

「厳密にはそれだけで問題になる。どんな形であれ、あのふたりとかかわりを持つのは重罪と見なされる」

「理由は？」

「愛国者法だ」

「ホス親子はいったい何者なんだ」

「地下鉄の線路を突っ切るのも重罪だ。厳密には州立刑務所で五年以下の禁固刑になる。そう聞いている」

「おまけにわたしは麻酔銃で連邦捜査官を四人も撃ったぞ」

「その四人はどうでもいい」

「ホス親子は何者なんだ」

「おれの口からは言えない」

「だったらわれわれはなぜここにいる？」

「あんたが協力してくれればおれたちも協力する」

「何に協力してくれる？」

「あんたの重罪をなかったことにできる」

「何に協力すればいい？」

「失《う》せ物《もの》探しに協力してもらう」

「メモリースティックだな？」

スプリングフィールドはうなずいた。ウェイターがトレーを持って戻ってきた。ミネラルウォーターとコーヒー。ウェイターはそれぞれをていねいにテーブルに置くと、立ち去った。

わたしは言った。「メモリースティックのありかはわからない」

「だろうな。だが、あんたはだれよりもスーザン・マークに近づいた。そしてスーザン・マークはメモリースティックを持ってペンタゴンを出たのに、それは家にも車の中にも途中で通ったどこにもなかった。だからあんたが何か見たのではないかとおれたちは期待している。あんたにはなんの意味もなくても、おれたちには意味があるかもしれない」

「わたしはスーザンが拳銃自殺するところを見た。それだけだ」

「それだけではないはずだ」

「あんたたちは第一秘書を地下鉄に乗せていた。あの男は何か見たのか？」

「何も」

「メモリースティックには何が保存されている？」

「おれの口からは言えない」

「だったら協力はできない」

「なぜ知りたがる？」

わたしは言った。「自分が身を投じようとしている厄介事の概要だけでも知っておきたいからだ」

「それなら自問するべきだ」

「何を？」

「まだ発してはいないが、はじめに発しておくべきだった問いを。鍵となる問いがあるぞ、頭を使え」

「いったいこれはなんなんだ？　知恵比べか？　下士官対将校の」

「その戦いはとっくに片がついている」

そこでわたしは最初まで巻き戻し、自分が一度も発していない問いを探した。はじまりは六系統の地下鉄だ。車両の西側の八人掛けのシートに、四人目の乗客がひとりですわっていた。女、白人、四十代、十人並み、黒い髪、黒い服、黒いバッグ。スーザン・マーク、民間人、離婚歴あり、母親、姉、養子、ヴァージニア州アナンデール在住。

スーザン・マーク、ペンタゴンで働く民間人。

わたしは尋ねた。「スーザン・マークの仕事の内容は？」

61

スプリングフィールドは水を長々と飲み、短く微笑してから言った。「遅いな。だが、ようやくそこに思い至ったわけだ」

「それで、スーザン・マークの仕事は？」

「情報テクノロジーの一部を担当するシステム管理者だった」

「どういうことなのかわからない」

「コンピュータのマスターパスワードをいくつも知っていたということだ」

「どういったコンピュータの？」

「重要なコンピュータじゃない。ミサイルを発射したりはできなかった。だが、HRCの記録を閲覧する権限があったのはまちがいない。保管文書の一部も」

「しかし、デルタフォースの保管文書はちがうだろう？　あれはノースカロライナにある。フォート・ブラッグに。ペンタゴンではない」

「コンピュータはネットワーク化されている。いまではすべてがどこにでもあり、どこにもないとも言える」

「スーザン・マークは保管文書を閲覧できたのか？」

「人為的ミスで」

「人為的ミス？」

「一種の人為的ミスがあった」

「一種の？」

「システム管理者はたくさんいる。問題は共通しているから、助け合っている。専用のチャットルームと掲示板を設けている。どうやらプログラムのコードに欠陥があって、個々のパスワードが解読しやすくなっていたらしい。つまり抜け穴があった。おそらくシステム管理者には周知の事実だったのだろうが、そのほうが都合がよかった。目立たずに侵入して助け合えるからな。コードが修正されても、もとに戻しただろう」

ジェイコブ・マークの台詞がよみがえる。〝姉はコンピュータも得意だった〟。

わたしは言った。「つまりスーザン・マークはデルタフォースの保管文書を閲覧できたわけだな？」

スプリングフィールドは無言でうなずいた。

わたしは言った。「だが、あんたとサンソムはわたしより五年早く軍を辞めている。当時は何もコンピュータ化されていなかった。デルタフォースの保管文書も」

「時代は変わる」スプリングフィールドは言った。「現在のアメリカ陸軍が誕生してから九十年ほど経つ。がらくたも九十年ぶん溜まっているということだ。だれかのじいさんが記念に持ち帰った錆びだらけの古い武器とか、ぶんどった腐りかけの旗や軍服とか、ありとあらゆるものが。加えて、文字どおり何千トンもの紙がある。何百万トンもあるかもしれない。現実問題として、それほどの紙は厄介だ。火事になるかもしれないし、ネズミに食われるかもしれないし、場所も確保しなければならない」

「だから？」

「だから、軍は十年前から大掃除をしているのさ。鹵《ろ》獲《かく》品《ひん》は博物館行きか廃棄処分になり、文書はスキャンされてコンピュータに保存されている」

わたしはうなずいた。「そしてスーザン・マークがコンピュータに侵入して、文書のひとつをコピーした」

「コピーしたどころじゃない」スプリングフィールドは言った。「抜きとった。外部記憶装置に移して、原本は消去した」

「その外部記憶装置がメモリースティックか？」

スプリングフィールドはうなずいた。「そしてそのありかがわからなくなっている」

「なぜスーザン・マークが？」

「うってつけの人物だったからだ。その文書は授与された勲章からたどれる。ＨＲＣは勲章の授受を記録している。あんたが言ったように。スーザン・マークはシステム管理者だった。そして息子という弱みがあった」

「なぜ原本を消去した？」

「わからない」

「発覚しやすくなるだけだろうに」

「それも大幅にな」

「なんの文書だったんだ？」

「おれの口からは言えない」

「いつ物置部屋から掘り出されてスキャンされた？」

「三ヵ月あまり前だ。なかなかはかどらないんだよ。はじめて十年になるのに、まだ一九八〇年代の前半までしか終わっていない」

「だれが担当している？」

「専門の職員の一団がいる」

「情報を漏らしたのはそのだれかだな。ホス親子はほぼ直後に入国している」

「そのようだな」

「だれなのかわかっているのか？」

「いま突き止めようとしている」

「なんの文書だったんだ？」

「おれの口からは言えない」

「だが、大きなファイルだった」

「かなり大きい」

「そしてホス親子はそれをほしがっている」

「明らかにな」

「なぜほしがっている？」

「おれの口からは言えない」

「そればかり言っているぞ」

「何度でも言うさ」

「ホス親子は何者なんだ」

　スプリングフィールドは無言で微笑み、手をまわして〝もう一度〟という身ぶりをした。〝おれの口からは言えない〟。下士官らしいうまい受け答えだ。三つの文節のうち、最初のふたつが重要なのだろう。

　わたしは言った。「わたしに質問してくれ。わたしが自分で推測するから。あんたは意見を言ってくれ」

スプリングフィールドは言った。「あんたはホス親子は何者だと思う?」

「アフガニスタン生まれのアフガニスタン人だと思う」

スプリングフィールドは言った。「つづけろ」

「それは意見とは言えないぞ」

「つづけろ」

「おそらくタリバンあるいはアル - カーイダのシンパか、工作員か、下働きだ」

反応はない。

「アル - カーイダだな」わたしは言った。「タリバンは国からほとんど出ない」

「つづけろ」

「工作員だ」わたしは言った。

反応はない。

「幹部なのか?」

「つづけろ」

「アル - カーイダは女の幹部を使っているのか?」

「役に立つならなんでも使う」

「考えにくいな」

「そう思いこむように仕向けているんだよ。存在しない男を捜すように仕向けている」

　わたしは何も言わなかった。

「つづけろ」スプリングフィールドは言った。

「わかった。スヴェトラーナと名乗った女はムジャヒディーンとともに戦い、あんたたちがグリゴリー・ホスからＶａｌライフルを奪ったことを知った。それでホスの名前と悲劇を利用してここで同情を得ようとした」

「なぜ？」

「その夜、あんたたちはほかにも何かをやっていた。その証拠となる文書を、アルカーイダがいまになってほしがっているからだ」

「つづけろ」

「その何かのおかげで、サンソムは高位の勲章を受章した。だから当時は見栄えのすることだったにちがいない。だが、いまあんたたちはそれが暴露されるのを懸念している。ということは、現在ではもう見栄えがしないことなのだろうな」

「つづけろ」

「サンソムは困っているが、政府もうろたえている。だからそれは個人的なことでも政治的なことでもある」

「つづけろ」

「あんたもその夜のことで勲章をもらったのか？」

「防衛功労章を」

「その勲章は国防長官から直接授与される」

スプリングフィールドはうなずいた。「しがない軍曹にはなかなかしゃれた飾り物だったよ」

「ということは、任務は軍事よりも政治がらみだったはずだ」

「当然だ。当時のアメリカは公式にはどことも交戦状態になかった」

「ホス親子が四人を殺害し、おそらくスーザン・マークの息子も殺害したことは知っているな？」

「知っているわけじゃない。だが、そう疑っている」

「だったらなぜ逮捕しない？」

「おれは下院議員の警護員にすぎない。だれも逮捕できない」

「あの連邦捜査官たちなら逮捕できる」

「あの連邦捜査官たちの行動はよくわからない。ホス親子はA級の敵性戦闘員であり、非常に重要な標的であり、きわめて危険だが、現在は活動していないと考えているらしい」

「どういうことだ」

「当面は泳がせておいたほうが得るものが大きいということだ」

「実際には、見つけられずにいるということだな」

「いかにも」

「あんたはそれでいいのか？」

「ホス親子はメモリースティックを持っていない。持っていたらいまでも探しているわけがない。だからおれはどちらでも気にしない」

「気にするべきだ」わたしは言った。

「あそこが拠点だと思うのか？　さっきあんたのいたところが」

「このブロックか隣のブロックだ」

「おれはこのブロックだと思う」スプリングフィールドは言った。「あの連邦捜査官たちはホテルのスイートを捜索した。ホス親子が外出中に」

「ライラがそう言っていた」

「スイートには買い物袋があった。あれは小道具のようなものだ。それらしく見せるための」

「買い物袋ならわたしも見た」

「〈バーグドーフ・グッドマン〉の袋がふたつに、〈ティファニー〉の袋がふたつあった。この二店は互いに近く、あの古いビルから一ブロックほどのところにある。拠点がパーク・アヴェニューの東のブロックにあるのなら、この二店ではなく〈ブルーミングデールズ〉へ行ったはずだ。本気で買い物をしたかったわけではないのだから。人の目を欺くために、スイートに飾りを置きたかっただけだ」

「いい点を突いている」わたしは言った。

「ホス親子を捜すのはやめろ」スプリングフィールドは言った。

「わたしの身を案じているのか？」

「あんたは二重の意味で負ける。ホス親子はおれたちと同じように考えるはずだ。つまり、あんたがメモリースティックを持っていなくても、ありかを知っているかもしれないと考える。そしてホス親子はおれたちよりもずっと邪悪で人を操るのに長《た》けている」

「それから？」

「ホス親子はメモリースティックの中身をあんたに教えるかもしれない。そうなったら、おれたちの立場からすれば、あんたは危険分子になる」

「中身はどれだけまずいものなんだ？」

「おれは恥じてはいない。だが、サンソム少佐にとっては汚点になるだろうな」

「そしてアメリカにとっても」

「そのとおりだ」

ウェイターがまた来て、何かお持ちしましょうかと訊いてきた。スプリングフィールドは頼むと答え、わたしのぶんもお代わりを注文した。つまり話はまだあるということだ。スプリングフィールドは言った。「地下鉄の中で何があったか、正確に思い出してみろ」

「なぜあんたではなく第一秘書がいた？　あの男よりもあんた向きの仕事だったのに」

「急な事態だったからだ。おれはサンソムといっしょにテキサスにいた。資金集めで。適切な人員を配置するだけの時間がなかった」

「なぜ連邦捜査官はだれかをあの地下鉄に乗せなかった？」

「乗せていたぞ。ふたりをあの地下鉄に乗せていた。どちらも女だ。ＦＢＩから借りた潜入捜査官の、ロドリゲス特別捜査官とムベレ特別捜査官だ。あんたは乗ってはいけない車両に迷いこんでしまい、潜入捜査官たちとそのまま乗っていたというわけだ」

「ふたりは優秀だな」わたしは言った。それは確かだ。小柄で、暑そうで、疲れていて、レジ袋を手首に掛けたヒスパニック系の女。ろうけつ染めのワンピースを着た西アフリカ系の女。「実に優秀だ。だが、スーザン・マークがあの地下鉄に乗ると、なぜわかった？」

「わからなかった」スプリングフィールドは言った。「大がかりな作戦だったんだよ。人を掻き集めての。スーザン・マークが車に乗ったのはわかっていた。だからいくつかのトンネルに人を配置した。どこへ行くのだろうと、そこから尾行する手はずになっていた」

「なぜペンタゴンを出たところで逮捕しなかった？」

「ひと悶着《もんちゃく》あったんだが、あの連邦捜査官たちの言いぶんが通った。一味を一網打尽にしたかったのさ。実際、そうなっていたかもしれない」

「わたしが台無しにしなければ」

「そのとおりだ」

「スーザン・マークはメモリースティックを持っていなかった。だから一味を一網打尽にするのは無理だっただろう」

「スーザン・マークはメモリースティックを持ってペンタゴンを出たのに、家の中にも車の中にもそれはなかった」

「まちがいないのか？」

「家は板きれになるまでばらばらにされたし、車の残骸はいちばん大きいものでも食えるくらいにされた」

「地下鉄の捜索は徹底しておこなわれたのか？」

「車両番号七六二二は現在も二百七番ストリートの車両基地にある。ふたたび組み立てるにはひと月以上かかるそうだ」

「メモリースティックには何が保存されていた？」

スプリングフィールドは答えない。

奪った携帯電話の一台が、ポケットの中で振動をはじめた。

62

わたしはポケットから電話を三台とも出してテーブルの上に置いた。一台が一度に三ミリずつ横滑りしている。強力な振動だ。画面には〝番号非通知〟とある。電話を開いて耳にあてた。「ハロー？」

ライラ・ホスが尋ねた。「まだニューヨークにいるのかしら」

わたしは言った。「そうだ」

「〈フォーシーズンズ〉の近くにいる？」

わたしは言った。「それほど近くはない」

「それなら行ってみなさい。フロントにあなた宛の荷物を預けておいたから」

わたしは訊いた。「いつ？」

だが、回線は切れていた。

わたしはスプリングフィールドに目をやって「ここで待っていてくれ」と言った。

急いでロビーへ向かう。ドアのほうへ戻っていく客はいない。あたりは静かなものだ。モーニングコート姿の出迎え係が所在なげに立っている。フロントに歩み寄って名前を告げ、荷物を預かっていないかと尋ねた。一分後、わたしは封筒を手にしていた。表に手書きの黒い太字でわたしの名前が記されている。左上の差出人の住所を書くところにライラ・ホスの名前がある。いつ届けられたかをフロント係に尋ねた。一時間以上前とのことだった。

わたしは訊いた。「届けた人物を見たか？」

「外国人の紳士でした」

「顔に見覚えはあったか？」

「ございません」

封筒は詰め物入りで、十五センチ×二十センチほどの大きさだ。軽い。何か硬いものがはいっている。円形で、直径は十二、三センチほど。喫茶店に持ち帰り、もとの席にすわると、スプリングフィールドが言った。「ホス親子からか？」

わたしはうなずいた。

スプリングフィールドは言った。「炭疽菌《たんそきん》の胞子が詰まっているかもしれないぞ」

「手触りからするとＣＤのようだ」わたしは言った。

「なんの？」

「アフガニスタンの民族音楽かもしれない」

「それはうれしくないな」スプリングフィールドは言った。「アフガニスタンの民族音楽なら聞いたことがある。長々と間近で」

「あけるのは待ったほうがいいか？」

「いつまで？」

「あんたが遠くに逃げるまで」

「それくらいの危険は冒すさ」

そこでわたしは封筒を破って振った。一枚のディスクがこぼれ出て、プラスチックが木製のテーブルにぶつかる音がした。

「CDだ」わたしは言った。

「いや、DVDだな」スプリングフィールドは言った。

個人が作ったものだ。メモレックス製の空ディスクが使われている。ラベルの面に黒の油性ペンで〝これを観なさい〟と書いてある。封筒と同じ筆跡だ。ペンも同じ。ライラ・ホスの筆跡で、ライラ・ホスのペンだろう。

わたしは言った。「DVDプレイヤーは持っていない」

「それなら観なければいい」

「観るべきだと思う」

「地下鉄で何か撮影したのか？」

「わからない」

「DVDはコンピュータがあれば再生できる。飛行機に乗っているとき、ノートパソコンで映画を観るのと同じだ」

「コンピュータは持っていない」

「ホテルに置いてある」

「ここには泊まりたくない」

「この街にはほかにもホテルはある」

「あんたはどこに泊まっている？」

「〈シェラトン〉だ。前にあんたと会ったところだよ」

　スプリングフィールドがプラチナカードで喫茶店の勘定を済ませ、われわれは〈フォーシーズンズ〉から〈シェラトン〉へ徒歩で向かった。この道筋をたどるのは二度目だ。一度目と同じくらい時間がかかった。歩道は混み合っているし、人々は熱気で動きが鈍い。時刻は午後一時で、やたらと暑い。道中はずっと警官に目を配っていたから、よけいに歩みが遅くなった。それでもどうにかたどり着いた。ロビーのプラズマディスプレイに、いくつもの催し事が一覧表示されている。ボールルームは事業者団体が予約している。ケーブルテレビの関係団体らしい。それで《ナショナルジオグラフィック》とシルバーバックのゴリラを思い出した。

スプリングフィールドがカードキーでビジネスセンターのドアをあけた。中までは同行しない。ロビーで待つと言って立ち去った。四つの作業スペースのうち、三つは先客がいる。ふたりは女、ひとりは男で、みなダークスーツを着て、開いた革のブリーフケースから書類がはみ出ている。わたしは空いている席にすわり、コンピュータでＤＶＤを再生する方法を突き止めようとした。本体に設けられたスロットが目的にかないそうだ。ディスクを差しこむと少しばかり押し返されたが、モーターが回転してわたしの手からディスクを呑《の》みこんだ。

五秒ほどは何も起こらない。止まったり動いたりまわったりしているだけだ。そのうちに大きなウィンドウが画面に表示された。何も映っていない。だが、中央下に記号がある。ＤＶＤプレイヤーのボタンの図形に似ている。再生、一時停止、早送り、巻き戻し、スキップ。マウスを動かし、ボタンの上にポインターを持ってくるとそれが小さな太い手に変わった。

電話がポケットの中で振動をはじめた。

63

ポケットから電話を出して開いた。室内に視線を走らせる。三人のかりそめの同僚たちは仕事にいそしんでいる。女のひとりは画面に棒グラフを表示させている。鮮やかな明るい色の棒は一部が高く、一部が低い。男はEメールを読んでいる。女のもうひとりは猛然とキーを打っている。

電話を耳にあてて言った。「ハロー」

ライラ・ホスが尋ねた。「もう受けとった？」

わたしは言った。「ああ」

「もう観た？」

「いや」

「観たほうがいいわよ」

「なぜ？」

「教訓になるから」

わたしは同室の三人にもう一度視線を走らせてから訊いた。「音声付きなのか？」

「いいえ、無声映像よ。残念ながら。音声付きのほうがいいのに」

わたしは答えなかった。

ライラ・ホスは訊いた。「いまどこにいるのかしら」

「ホテルのビジネスセンターだ」

「〈フォーシーズンズ〉の？」

「いや」

「そのビジネスセンターにコンピュータはある？」

「ああ」

「知っているでしょうけれど、コンピュータでＤＶＤを再生できるわよ」

「そう聞いた」

「ほかの人に画面は見える？」

わたしは答えなかった。

「再生して」ライラ・ホスは言った。「電話は切らないでおく。解説してあげる。限定版のように」

わたしは答えなかった。

ライラ・ホスは「ディレクターズカットのように」と言って少し笑った。

わたしはマウスを動かし、小さな太い手を再生ボタンに重ねた。手は辛抱強く待っている。

クリックした。

本体の立てる回転音が大きくなり、何も映っていないウィンドウが明るくなって、ゆがんだ横線が二本現れた。横線が二度光り、屋外の開けた空間を広角で撮った映像が表示される。夜だ。カメラは安定している。丈の高い三脚に固定してあるようだ。画面のすぐ外からまばゆいハロゲンランプが現場を照らし出している。カラー映像だ。外国の土地のように見える。地面は踏み固められ、暗いカーキ色を帯びている。小さな石がいくつかと大きな岩がひとつある。岩は平らで、キングサイズのベッドよりも大きい。穴がうがたれ、鉄環が四つ据えつけられている。四隅にひとつずつ。

鉄環には裸の男が縛りつけられている。背は低く、痩せていて、筋肉質だ。肌の色はオリーブ色で、顎ひげは黒い。三十がらみだろう。仰向けで手足を伸ばし、大きなX字形を作っている。カメラは足から一メートルほど離れたところにある。画面の上端で、男が首を左右に振っている。目は閉じている。口はあいている。首の腱《けん》が縄のように盛りあがっている。

叫んでいるが、内容は聞きとれない。

無声映像だからだ。

ライラ・ホスが耳もとで語りかける。

こう尋ねてくる。「何が映っている？」

わたしは言った。「男が平たい岩の上にいる」

「そのまま観ていなさい」

「この男はだれなんだ」

「アメリカ人ジャーナリストの使い走りのタクシー運転手だった」

カメラは四十五度ほど下に向けられているようだ。そのせいでタクシー運転手の足は大きく、頭は小さく見える。ゆうに一分ほど、男は必死にもがいている。頭をもたげ、岩に打ちつけている。失神しようとしている。あるいは、自害しようとしているのか。だが、むだだった。細身の人影が画面の上側から現れ、四角くたたんだ布を男の頭の下に差しこんだ。人影はライラ・ホスだ。まちがいない。動画の解像度はそれほど高くないが、見まがいようがない。あの髪、あの目、あの物腰。

四角くたたんだ布はタオルらしい。

わたしは言った。「おまえが出てきた」

「当て物を持って？　自傷行為を避けるために必要なのよ。それに、首を持ちあげられる。すると、見たくなってしまう」

「何を？」

「そのまま観ていなさい」

わたしは室内に視線を走らせた。三人のかりそめの同僚たちはまだ働いている。自分の仕事に没頭している。

二十秒近く、画面では何も起こらない。タクシー運転手が無音で泣き叫んでいるだけだ。が、スヴェトラーナ・ホスが横から画面にはいってきた。この女も見まがいようがない。消火栓のような体格、しゃれっ気のない鉄灰色の髪。ナイフを手にしている。

スヴェトラーナ・ホスは岩によじのぼると、男の脇にしゃがみこんだ。一秒ほども、カメラを見つめる。虚栄心からではない。カメラの角度を見極め、その視界を妨げないようにしている。そして自分の位置を調整し、男の左腕と左腰のあいだに遠慮がちにうずくまった。

男はナイフを凝視している。

スヴェトラーナは右前に身を乗り出すと、ナイフの刃先を男の股間とへその中間あたりに置いた。そのまま刃を沈めていく。男がめちゃくちゃに暴れる。傷口から流れ出た血が太い筋を作る。照明のせいで血は黒く見える。男は絶叫しつづけている。口がことばを形作っているのが見える。〝やめてくれ！〟と〝頼むから！〟はどの言語でもそれとわかる。

「場所はどこだ」わたしは訊いた。

ライラ・ホスは言った。「カーブルのほど近くよ」

スヴェトラーナは男のへそのほうへナイフを動かしていく。血がナイフのあとを追う。スヴェトラーナはナイフを動かしつづける。外科医や肉の卸売業者のように、熟練の慣れた手さばきで。これまでに何度も同じように切ったことがあるのだろう。刃は動きつづけている。そして胸骨の上で止まった。

スヴェトラーナはナイフを置いた。

人差し指で切開線をなぞる。血が塗り伸ばされる。それから傷口に指を第一関節まで沈めた。上下に指を滑らせている。ときどき手を止めながら。

ライラ・ホスが言った。「腹壁を切断できているかどうかを確かめているのよ」

わたしは言った。「なぜどの場面かわかる？　映像を観ているわけでもないのに」

「あなたの息遣いでわかる」

スヴェトラーナはふたたびナイフを手にすると、手を止めた場所に視線を戻した。細心の注意を払って刃先を使い、ささやかな障害らしきものを断つ。

そして身を起こした。

タクシー運転手の腹が、おろしたファスナーのように裂かれている。長くまっすぐな傷口が少し開いている。腹壁が切り開かれている。これでは体内からの圧力をもう支えられない。

スヴェトラーナはまた前かがみになった。両手を使っている。傷口に手を入れて皮膚を慎重に開き、中を探っている。手首まで突っこんでいる。そして体に力をこめ、腕を引いた。

男の腸が取り出される。

子供用のサッカーボールくらいの大きさのピンク色の塊がなめらかな光沢を発している。渦を巻き、ぬめり、動き、濡《ぬ》れ、湯気をあげている。

スヴェトラーナはその塊を男の胸の上に静かに置いた。

そして岩から滑りおり、画面から出ていった。

カメラの瞬《まばた》かぬ目はその後も見つめている。

タクシー運転手は恐怖して下を見ている。

ライラ・ホスが言った。「あとは時間の問題になる。切っただけでは死なない。重要な血管はどれも切断していないから。出血はじきに止まる。問題になるのは痛みとショックと感染症よ。体力があれば三つとも耐えられるけれど、低体温症で死んでしまうようね。当然、深部体温が維持できなくなるから。つまり天候に左右される。最長記録は十八時間よ。まる二日耐えた者がいるという話も聞くけれど、眉唾物ね」

「おまえは異常だ。自覚しているか？」

「ピーター・モリーナもそう言っていたわね」

「ピーターもこれを観たのか？」

「出演しているわよ。そのまま観ていなさい。なんなら早送りしてもいい。音声がなければ、どうせあまり楽しめないから」

わたしはまた室内に視線を走らせた。三人の男女が仕事にいそしんでいる。太い手を早送りのボタンに重ねてクリックした。映像がコマ落としになる。タクシー運転手の首が小刻みに前後に動く。

ライラ・ホスは言った。「通常は一度にひとりだけをやることはない。つづけてやるほうがいいのよ。ふたり目はひとり目が死ぬまで待たされる。そんなふうに何人もやる。こうすると恐怖が増す。自分の前の者が一分でも長く生きるよう祈るさまは見《み》物《もの》よ。でもいずれは死んで、自分の番がまわってくる。その際に心臓発作を起こす者もいるわね。健康状態や気の弱さにもよるけれど。とはいえ、いつも生でつづけてやれるわけではないの。だから最近では動画で代用している」

おまえは異常だとまたわたしは言いたくなったが、言わなかった。またピーター・モリーナの話になりそうだったからだ。

「そのまま観ていなさい」ライラ・ホスは言った。

映像が高速で再生される。タクシー運転手の手足が震えている。二倍速だと動きが奇妙で、壊れそうに見える。首が左右に振られている。

ライラ・ホスは言った。「ピーター・モリーナはこれをすべて見届けた。その男が持ちこたえるよう祈っていたわ。変な話よね。もちろんその男は何ヵ月も前に死んでいるのだから。でも、それが狙いなのよ。いま言ったように、動画はほぼ同じ効果をもたらしてくれる」

「おまえは病気だ」わたしは言った。「それに、おまえは死んだも同然だ。わかっているか？　車道に踏み出したようなものだ。まだトラックにはねられていなくても、いずれそうなる」

「あなたがトラックというわけ？」

「そのとおりだ」

「それは光栄ね。そのまま観ていなさい」

わたしは早送りのボタンを何度も何度も押し、映像は四倍速、八倍速、十六倍速、三十二倍速になった。時間が瞬く間に過ぎていく。一時間。九十分。そこで映像は静止した。タクシー運転手は動かなくなった。ずっと微動だにせずに横たわっているところへ、ライラ・ホスが画面に飛びこんできた。わたしは再生ボタンを押して通常の速度に戻した。ライラは男の頭の近くにかがみこみ、脈をはかった。そして顔をあげ、満足げに微笑んだ。

まっすぐカメラに向かって。

まっすぐわたしに向かって。

電話のライラ・ホスが尋ねた。「もう終わった?」

わたしは言った。「ああ」

「残念だったわ。あまり長くもたなかった。病気だったのよ。寄生虫がいた。腹の中でそれがずっとのたくっているのが見えた。気持ち悪かった。あの寄生虫も死んだでしょうね。宿主が死ぬと寄生生物も死ぬから」

「おまえも死ぬ」

「だれだって死ぬわよ、リーチャー。唯一の問題は、いつどうやって死ぬか」

背後で企業戦士の男が立ちあがり、ドアへ向かった。わたしは椅子を回転させ、自分の体で画面をふさごうとした。うまくいったとは思えない。男はわたしをいぶかしげに見て、部屋から出ていった。

あるいは、わたしがいま電話で言った台詞を聞いていたのかもしれない。

「そのまま観ていなさい」ライラが耳もとで言う。

わたしはまた早送りのボタンを押した。タクシー運転手はカーブルのほど近くで死体となってしばらく横たわっていたが、やがてその映像は終わり、画面がいわゆる砂嵐になった。つづいて新しい場面が映る。再生ボタンを押した。通常の速度に戻る。

屋内だ。同じようなまばゆい照明で照らし出されている。昼夜の見当はつかない。場所の見当もつかない。地下室かもしれない。床と壁は白く塗ってあるように見える。テーブルに似た大きな石の板がある。アフガニスタンの岩よりは小さい。長方形で、何かの用途のために作られた品だ。古いキッチンの設備だろうか。

板には巨漢の若者が縛りつけられている。歳《とし》はわたしの半分ほどで、体格は二〇パーセント増しだ。

〝百三十キロの筋肉の塊だよ〟とジェイコブ・マークは言っていた。〝NFL入りする〟。

ライラ・ホスが訊いた。「もうあの子は映っている？」

「映っている」

若者は裸だ。照明のせいでやけに白い。カーブルのタクシー運転手とは似ても似つかない。青白い肌、乱れたブロンドの髪。顎ひげは生やしていない。しかし、動き方はまったく同じだ。首を前後に振り、悲鳴をあげている。〝やめてくれ！〟と〝頼むから！〟はどの言語でもそれとわかる。しかも今回は英語だ。ごくたやすく読唇術ができる。声音すら感じとれる。不信に満ちた声音だ。ただの脅しや残酷な冗談だと思っていたものが、まぎれもなく本物だとわかったときに出る声音。

わたしは言った。「これを観るつもりはない」

ライラ・ホスは言った。「観たほうがいいわよ。観なければ、はっきりしない。もしかしたらあの子は解放されたかもしれない」

「いつ撮った？」

「わたしたちは期限を設け、それを延ばさなかった」

わたしは返事をしなかった。

「観なさい」

「ことわる」

ライラ・ホスは言った。「それでも観てもらいたいのよね。どうしても。つづけてやるために。つぎはあなたの番だと思うから」

「それは思いちがいだ」

「観なさい」

わたしは観た。〝もしかしたらあの子は解放されたかもしれない。観なければ、はっきりしない〟。

若者は解放されなかった。

64

事が終わると、わたしは電話を切ってＤＶＤをポケットに入れ、急いでロビーのトイレへ行って個室で吐いた。映像のせいばかりではない。もっとひどいものを見たことはある。怒りと激情と苛立ちのせいだ。そうした負の感情が自分の中で煮えたぎり、出口を探していた。口をゆすいで顔を洗い、蛇口から少し水を飲んで、鏡の前にしばらく立った。

それからポケットの中身を出した。現金、パスポート、ＡＴＭカード、メトロカード、セリーサ・リーのニューヨーク市警の名刺はとっておいた。歯ブラシも。いま使った電話も。ほかの二台の電話はごみ箱に捨てた。非常用充電器と、死んだ四人の男の名刺と、セリーサ・リーがパートナーからのテキストメッセージを書き写した便箋も。

ＤＶＤも捨てた。

ピンク色のゴムカバーの付いた〈ラジオシャック〉のメモリースティックも。

もう囮は必要ない。

そうやって身軽になってからトイレを出て、スプリングフィールドがまだいるか捜した。

まだいた。ロビーのバーの椅子にすわり、角に背中を向けている。前のテーブルには水のグラスが置いてある。くつろいだ様子だが、周囲に目を光らせている。特殊部隊やそのたぐいの人間はひと目でわかる。向こうはわたしが近づいてくるのに気づいた。わたしは隣に腰をおろした。スプリングフィールドが尋ねてくる。「民族音楽だったのか？」

「ああ」わたしは言った。「民族音楽だった」

「ＤＶＤなのに？」

「民族舞踊も収録されていた」

「嘘くさいな。顔色が真っ青だぞ。アフガニスタンの民族舞踊はかなりひどいが、そこまでひどくはない」

「男がふたり映っていた」わたしは言った。「腹を切り裂かれ、内臓を引きずり出されていた」

「カメラの前で生きたまま？」

「そしてカメラの前で死んだ」

「音声は？」

「無声映像だった」

「ふたりはだれだったんだ」

「ひとりはカーブルのタクシー運転手で、もうひとりはスーザン・マークの息子だった」

「おれはカーブルではタクシーに乗らない。自分の車のほうがいい。だが、南カリフォルニア大学にとっては痛手だな。ディフェンシブタックルを失って。なかなかいいのに。スーザン・マークの息子のことは調べたんだ。足が速いらしい」

「もう関係ない」

「ホス親子も映像に出ていたのか？」

わたしはうなずいた。「自白したようなものだ」

「どうでもいいのさ。どのみちおれたちに命を狙われることはあのふたりも承知している。なんのために命を狙われるかはどうでもいいのだろう」

「わたしにとってはどうでもよくない」

「しっかりしろ、リーチャー。ＤＶＤを届けたのはそれが最大の目的なんだぞ。あんたを怒らせて、おびき出したいんだ。あんたを見つけられないから、あんたが捜しにくるよう仕向けている」

「そのつもりだ」

「あんたが今後どうするかはあんたの勝手だ。だが、用心したほうがいい。理解したほうがいい。これは二百年前からアフガニスタン人が使っている手なんだよ。「決まった前線に声が届くところで捕虜を虐待したのも同じ理由からだ。つまり、救出部隊を釣り出そうとした。あるいは、報復攻撃を誘おうとした。捕虜がいくらでもほしくてイギリス人に訊いてみろ。それか、ロシア人に」

「充分に用心するさ」

「あんたなら努めて用心するだろうな。だが、地下鉄の件が片づくまでは身動きがとれないぞ」

「わたしが見たものはあんたのお仲間も見ている」

「おれたちに協力すればあんたも得をする」

「いまのところは得をしていない。口約束ばかりだ」

「おれたちがメモリースティックを手に入れたら、あんたに対する嫌疑はすべて取り消される」

「足りないな」

「書面にしろと？」

「いや、いますぐ取り消してもらいたい。行動の自由を確保する必要がある。ずっと警官の影に怯《おび》えてはいられない」

「行動の自由を確保してどうする？」

「わかっているだろうに」

「いいだろう、手は尽くす」

「足りないな」

「保証はできない。やるだけやってみるが」

「あんたがやり遂げられる可能性はどれだけある？」

「皆無だ。だがサンソムならやり遂げられる」

「サンソムの代理を務める権限はあるのか？」

「まずサンソムに連絡しなければならない」

「ごまかしはもうなしだと伝えろ。その段階は過ぎている」

「わかった」

「それから、セリーサ・リーとジェイコブ・マークの状況も話せ。ドハーティの状況も。三人とも経歴をきれいにしてやりたい」

「わかった」

「それから、ジェイコブ・マークにはカウンセリングが必要になる。あのＤＶＤのコピーを観てしまったらなおさら」

「観るとは思えないが」

「それでも、気を配ってもらいたい。元夫にも。モリーナだ」

「わかった」

「あとふたつある」わたしは言った。

「自分からは何も出せないくせに、ずいぶんと吹っかけるんだな」

「ホス親子が手下を連れてタジキスタンから入国したことを国土安全保障省が突き止めている。三ヵ月前に。コンピュータのアルゴリズムか何かを活用したらしい。一行の人数を知りたい」

「敵軍の規模を見積もるために？」

「そのとおりだ」

「あとは？」

「もう一度サンソムに会いたい」

「なぜ？」

「メモリースティックの中身を教えてもらうためだ」

「それは無理だ」

「だったらメモリースティックは渡さない。手もとに置いて、自分の目で確かめる」

「なんだと？」

「聞こえたはずだ」

「メモリースティックを持っているのか？」

「いや」わたしは言った。「だがありかなら知っている」

65

スプリングフィールドは問いただした。「どこだ」

わたしは言った。「わたしの口からは言えない」

「でたらめを言うな」

わたしは首を横に振った。「今回はちがう」

「ほんとうなのか？　そこまで案内できるのか？」

「五メートル以内までは案内できる。あとはあんたたちの仕事だ」

「なぜ？　埋まっているのか？　銀行の金庫室にあるのか？　家の中にあるのか？」

「そのどれでもない」

「だったらどこだ」

「サンソムに連絡しろ」わたしは言った。「会う段どりをつけろ」

スプリングフィールドが水を飲み干すと、ウェイターが伝票を持ってきた。〈フォーシーズンズ〉でふたりぶんを払ったときと同じように、スプリングフィールドはプラチナカードで勘定を済ませた。これは好材料だ。いい流れが来ている。そこでわたしはもう少し自分の運を試してみることにした。

「部屋をとってもらえないか」と打診する。

「なぜ？」

「サンソムがわたしを最重要指名手配犯のリストからはずすまでには時間がかかるからだ。それに、わたしは疲れている。徹夜して。ひと眠りしたい」

十分後、われわれはクイーンサイズのベッドがある高層階の部屋にいた。上等な部屋だが、戦術面では不満が残る。ホテルの高層階の部屋はどこもそうだが、窓を使えないので出口がひとつしかない。スプリングフィールドも同じことを考えているのがわかった。こんなところにみずからこもるのは狂気の沙汰だと考えている。

わたしは訊いた。「あんたは信用できる男なのか？」

スプリングフィールドは言った。「ああ」

「証明してもらう」

「どうやって？」

「あんたの銃を渡してくれ」

「武器は持っていない」

「そういう返事から信頼関係は生まれない」

「なぜ銃がほしい？」

「理由はわかっているはずだ。銃があれば、あんたがよからぬ連中をここに連れてきても、自衛できる」

「連れてくるわけがない」

「だったら安心させてくれ」

スプリングフィールドはしばらく立ち尽くしていた。武器を渡すより針で目を突かれるほうがましなのだろう。それでも、頭の中で計算すると、スーツの上着の下に手を入れ、腰のあたりから九ミリ拳銃のステアーＧＢを取り出した。ステアーＧＢは一九八〇年代にアメリカの特殊部隊が好んで携帯した武器だ。スプリングフィールドはその向きを逆にしてグリップから先に渡した。年代物で、使い古されているが、よく手入れしてある。弾薬は弾倉に十八発装塡され、薬室に一発給弾されている。

「助かる」わたしは言った。

スプリングフィールドは返事をしない。黙って部屋から出ていった。わたしはドアを二重に施錠し、チェーンを掛け、ノブの下に椅子を嚙ました。そしてナイトスタンドの上にポケットの中身を出した。服をプレスするためにマットレスの下に入れる。長々と熱いシャワーを浴びた。

それからスプリングフィールドの銃を枕の下に置いて横になり、眠りに落ちた。

四時間後、ドアをノックする音で目を覚ました。ホテルのドアに設けられているのぞき穴を使うのは気が進まない。無防備すぎる。廊下にいる襲撃者はレンズに影が差すのを待って、そこに弾丸を撃ちこむだけでいい。サプレッサー付きの二二口径でもまちがいなく致命傷を与えられる。角膜と脳幹のあいだにとりたてて硬いものはないからだ。しかし、ドアの手前の壁に姿見がある。外に出る前に身だしなみを整えるためだろう。わたしはバスルームからタオルを取ってきて腰に巻きつけ、枕の下から銃を回収した。椅子をどかし、チェーンを掛けたままドアをあける。そして蝶番《ちょうつがい》側にさがって鏡に映るものを確かめた。

スプリングフィールドとサンソムだ。

ドアは少ししかあいていないし、鏡像は左右が逆転しているし、廊下の照明は薄暗いが、簡単に見分けられる。見えるかぎりではふたりきりのようだ。十九人を超える人数を連れてきていないかぎりは、ふたりきりから増えることはないだろう。ステアーGBには安全装置がない。ダブルアクションの重い引き金を引けば初弾が撃て、さらに十八発撃てる。引き金を遊びがなくなるまで絞り、チェーンをドアからはずした。

ふたりきりだ。

ふたりは部屋にはいってきた。サンソム、スプリングフィールドの順で。サンソムははじめて会った朝と同じ様子だ。日に焼け、富と権力と精力とカリスマで輝いている。紺のスーツに白いワイシャツと赤いネクタイを合わせ、潑剌《はつらつ》として見える。サンソムはわたしがドアノブに噛ましていた椅子を持って窓際のテーブルへ運び、腰をおろした。スプリングフィールドがドアを閉めてチェーンを掛け直す。わたしは銃を持ったまま、ベッドのマットレスを膝でずらし、片手で服を引っ張り出した。

「二分で済ませる」と言った。「歓談でもしていてくれ」

バスルームで服を着て戻ってくると、サンソムが尋ねた。「メモリースティックのありかをほんとうに知っているのかね？」

「ああ」わたしは言った。「ほんとうに知っている」

「なぜ中身を知りたがる？」

「どれほどの汚点なのかを知りたいからだ」

「わたしを上院議員にしたくないということか？」

「あんたが自分の時間をどう使おうが興味はない。ただ知りたいだけだ」

サンソムは尋ねた。「なぜさっさとありかを教えない？」

「先にやるべきことがあるからだ。その間、警官たちに邪魔をさせないようにしてもらいたい。だからあんたには自分の役目に集中してもらう必要がある」

「きみはわたしをだましているかもしれない」

「かもしれないが、だましてはいない」

サンソムは言い返さない。

わたしは尋ねた。「そもそも、なぜ上院議員をめざす？」

「めざすのが当然だろう？」

「あんたはかつては優秀な兵士で、いまは途方もない金持ちだ。ビーチで暮らせばいいのに」

「自分なりにスコアをつけているようなものなのだよ。きみだって自分なりにスコアをつけているはずだ」

わたしはうなずいた。「わたしは得られた答の数と発した問いの数を比較しているな」

「どんなスコアになっている？」

「通算では一〇〇パーセント近くになる」

「なぜわざわざ尋ねる？　メモリースティックのありかを知っているのなら、自分で取りにいけばいい」

「それは無理だ」

「なぜ？」

「わたしが集められるよりも多くの人手が必要になるからだ」

「ありかはどこだ」

わたしは答えなかった。

「このニューヨークにあるのか？」

わたしは答えなかった。

サンソムは訊いた。「なくなる心配はないのか？」

わたしは言った。「それなら大丈夫だ」

「きみは信用できる男なのか？」

「これまでに多くの人が信用してくれた」

「それで？」

「大半の人は喜んで人物証明書を書いてくれると思う」

「残りの人は？」

「何をしても満足してくれない人はいる」

サンソムは言った。「きみの服務記録を読んだ」

わたしは言った。「そう言っていたな」

「評価は揺れていた」

「わたしは最善を尽くした。ただし、自分には自分の考えがあった」

「なぜ軍を辞めた？」

「飽きたからだ。あんたは？」

「老いたからだ」

「メモリースティックには何が保存されている？」

サンソムは答えない。スプリングフィールドは窓よりもドアに近いところにいて、テレビ台の陰に無言で立っている。まったくの癖だろう。単純な反射行動だ。屋外の狙撃手からは姿が見えず、ドアがあいたとたんに侵入者に反撃できるほど廊下の近くにいる。訓練は体に染みこむ。デルタフォースの訓練ならなおさらだ。わたしは歩み寄って銃を返した。スプリングフィールドは何も言わずにそれを受けとり、腰のベルトに差した。

サンソムは言った。「これまでにわかっていることを言いたまえ」

わたしは言った。「あんたたちは飛行機でフォート・ブラッグからトルコを経てオマーンへ向かった。そこからおそらくインドを通って、パキスタンの北西辺境州へ行った」

サンソムは無言でうなずいた。遠くを見る目になっている。道中を思い起こしているのだろう。輸送機、ヘリコプター、トラック、長い徒歩の旅。

はるか昔の。

「そしてアフガニスタンへ行った」わたしは言った。

「つづけたまえ」サンソムは言った。

「おそらくあんたたちはアバス・ハー山脈の山腹を南西へ向かい、地上から三百メートルほどはあるコレンガル渓谷の縁をたどった」

「つづけたまえ」

「あんたたちはグリゴリー・ホスに遭遇し、ライフルを奪ったうえで解放した」

「つづけたまえ」

「その後も、行けと命令された場所へ歩きつづけた」

サンソムはうなずいた。

わたしは言った。「これまでにわかっていることは以上だ」

サンソムは尋ねた。「一九八三年の三月、きみはどこにいた？」

「陸軍士官学校《ウエストポイント》だ」

「何が大きなニュースになっていた？」

「赤軍が泥沼から抜け出そうとしていたことが」

サンソムはまたうなずいた。「あれは正気とは思えない作戦だった。北西辺境州の部族民を打ち負かした者はだれもいない。古今を通じて。赤軍はわれわれのヴェトナムでの経験からも学べたはずなのに。無理なものは無理なのだよ。あの紛争はゆっくりと動く肉挽《にくひ》き器《き》のようなものだった。死ぬまで鳥についばまれるようなものだった。もちろん、われわれは大いに満足したが」

「われわれは支援もおこなった」わたしは言った。

「そのとおりだ。われわれはムジャヒディーンがほしがるものをなんでも与えた。無償で」

「レンドリース政策のように」

「もっとたちが悪い」サンソムは言った。「レンドリース政策は当時破産していた友好国を支援するものだった。ムジャヒディーンは破産などしていなかった。まるで逆だ。奇妙な部族同盟が山ほどあって、サウジアラビアにまで勢力を広げていた。ムジャヒディーンはわれわれよりも金持ちだったくらいだ」

「それで？」

「ほしがるものをなんでも与える癖がついてしまったとき、それをやめるのはきわめてむずかしい」

「ムジャヒディーンはさらに何をほしがった？」

「承認」サンソムは言った。「賛辞。認知。優遇。交流。端的には表現しにくい」

「つまりはどんな任務だったんだ」

「きみは信用できる男なのか？」

「メモリースティックを取り戻したいのだろう？」

「それはそうだ」

「つまりはどんな任務だったんだ」

「われわれはムジャヒディーンの指導者に会いにいった。手土産を持って。ロナルド・レーガンその人からの、けばけばしい装身具だ。われわれはレーガンの私的な特使だった。ホワイトハウスでブリーフィングを受けたよ。あらゆる機会をとらえてご機嫌とりをするよう言われた」

「したのか？」

「もちろん」

「もう二十五年も前のことだ」

「だから？」

「だから、だれがいまさら気にする？　歴史の細部にすぎない。それに、うまくいったのは確かだ。共産主義は終焉《しゅうえん》を迎えたのだから」

「しかし、ムジャヒディーンは終焉を迎えなかった。活動をつづけた」

「わかっている」わたしは言った。「ムジャヒディーンはタリバンとアル＝カーイダになった。だがそれも歴史の細部にすぎない。ノースカロライナ州の有権者はそんな歴史を思い出したりしない。ほとんどの有権者は朝食に何を食べたかも思い出せない」

「それは条件による」サンソムは言った。

「どんな？」

「知名度だ」

「だれの？」

「コレンガル渓谷は戦場になった。小さな突出部にすぎなかったが、そこで赤軍は壊滅した。現地のムジャヒディーンは大戦果をあげた。その結果、現地のムジャヒディーンの指導者は大物になった。にわかに人望を集めた。われわれが会いにいかされたのはその人物だ。そしてわれわれはそのとおりにした。その人物と会った」

「それで、ご機嫌とりをしたのか？」

「なりふりかまわず」

「だれだったんだ」

「第一印象では、立派な人物だった。若く、長身で、見た目もよく、非常に聡明《そうめい》で、非常に熱心だった。そして、非常に裕福だった。有力な人脈も持っていた。サウジアラビアの億万長者の一家の出で、父親はレーガン政権の副大統領の友人だった。だが本人は革命家だった。大義のために安楽な暮らしを捨てた」

「だれだったんだ」
「ウサマ・ビン・ラーディンだ」

66

長いあいだ、部屋には沈黙が流れた。窓から街のかすかなざわめきと、バスルームの天井の換気口から気流の音が聞こえるだけだ。スプリングフィールドがテレビ台のそばの定位置から離れ、ベッドに腰掛けた。

わたしは言った。「知名度はあるな」

サンソムは言った。「いまいましいほどに」

「あんたが悩むのも仕方ない」

「そのとおりだ」

「だが、大きなファイルだ」わたしは言った。

「だから？」

「だから、長い報告書のはずだ。そしてわれわれは三人とも、軍の報告書はいくつも読んだことがある」

「それで？」

「軍の報告書は恐ろしく素っ気ない」それは事実だ。スプリングフィールドのステアーGBを例にあげてみよう。軍はこの銃の性能試験をおこなった。現代工業の奇跡とも言える銃だ。想定した状況で作動するだけでなく、想定していない状況でも作動する。複雑なガス遅延式のブローバックシステムを備え、低品質や骨董品《こっとうひん》や不良品の弾薬でも装塡して発射できる。ほとんどの銃はガス圧が異なると誤作動を起こす。ガス圧が高すぎれば暴発し、低すぎれば次弾を給弾できない。しかし、ステアーGBはどんな弾薬にも対応できた。だから特殊部隊に愛用された。特殊部隊は基地から遠く離れた補給の届かない場所で、現地調達したものに頼らざるをえないことがままある。ステアーGBは金属製の驚異だった。

軍の報告書はこれを〝技術的に許容しうる〟と表現した。

わたしは言った。「あんたの名前は出てきていないかもしれない。やつの名前も出てきていないかもしれない。デルタフォースの司令官と各隊長向けにすべて頭字語で書かれ、三百ページもある地図座標の羅列の中に埋もれているかもしれない」

サンソムは何も言わない。

スプリングフィールドは目をそらしている。

わたしは尋ねた。「ウサマ・ビン・ラーディンはどんな男だった？」

サンソムは言った。「ほら、そう訊きたくなるだろう？　そこが問題なのだよ。わたしはウサマ・ビン・ラーディンのご機嫌とりをしただけの人物になりさがる。人々の記憶にはそれしか残らないだろう」

「だとしても、どんな男だった？」

「気味の悪い男だった。ロシア人を殺したくてたまらなくて、われわれもはじめはそれを歓迎していたのだが、じきにこの男は自分とちがう人間すべてを殺したくてたまらないだけだと気づいた。理解しがたかった。異常人格者だった。いやなにおいがした。不快きわまる週末だった。ずっと鳥肌が立っていた」

「週末をずっとそこで過ごしたのか？」

「賓客として。実際はちがった。あの男は傲慢なろくでなしだった。終始尊大にふるまっていた。戦術と戦略の講義もしてくれたよ。どうすればヴェトナムで勝てたかを。われわれは感じ入ったふりをしなければならなかった」

「何を贈った？」

「わからない。包装されていたから。あの男はあけようともしなかった。隅にほうり投げただけだ。どうでもよかったのだろう。結婚式で言うように、われわれがそこにいるだけで充分な贈り物になったからだ。あの男は世界に証明していると思いこんでいた。大悪魔ことアメリカが自分の前にひざまずいているのだと。わたしは何度も吐きそうになった。それは食べ物のせいだけではない」

「いっしょに食事までしたのか？」

「同じテントに泊まった」

「報告書ではそこは司令部と書かれるはずだ。当たり障りのないことばが使われるだろう。ご機嫌とりの話は出てこない。接触を試み、それを保ったと三百ページも長ったらしく書かれるだけだ。あんたたちが大西洋を半分渡るところまで読み進めないうちに、退屈で死にそうになる。なぜそこまで心配する？」

「政治は汚いやり方をする。レンドリース政策まがいがそうだ。ビン・ラーディンが自分の資産に手をつけようとしないから、われわれが助成金を払っているようなものだった。報酬を払っていたと言ってもいい」

「あんたが悪いわけではない。それがホワイトハウスのやり方だ。第二次世界大戦中、レンドリース政策で物資をソ連に届けたために非難された艦長がいるか？　ソ連もじきにわれわれの友好国ではなくなったのに」

サンソムは何も言わない。

わたしは言った。「どこかのページにいくつかのことばが書かれているだけだ。反響はないだろう。だれも読まない」

サンソムは言った。「大きなファイルだ」

「大きいほどいい。大きいほど都合の悪い個所《かしょ》は埋もれる。それに、大昔の報告書のはずだ。当時は綴《つづ》りがちがったと思う。Osama ではなく Usama だった。あるいはＵＢＬだった。だからだれも気づかないかもしれない。まったくの別人だと言い張ることもできる」

「きみはほんとうにメモリースティックのありかを知っているのか？」

「確かだ」

「知らないように聞こえるのだよ。そのあたりに転がっていていずれ世間の目に触れるのはわかっているから、わたしを慰めようとしているように聞こえる」

「ありかは知っている。あんたがそこまで神経質になる理由を突き止めようとしているだけだ。もっとひどい状況でも切り抜けた人はたくさんいる」

「きみはコンピュータを使ったことがあるかね？」

「きょう使った」

「どんなものが最も大きなファイルになると思う？」

「わからない」

「推測したまえ」

「長い文書か？」

「ちがう。画素が多いと最も大きなファイルになる」

「画素？」わたしは言った。

サンソムは答えない。

「なるほど」わたしは言った。「そういうことか。報告書ではないんだな。写真だ」

67

部屋にふたたび沈黙が流れた。街のざわめきと強制換気の音だけが聞こえる。サンソムは立ちあがり、バスルームを使った。スプリングフィールドはテレビ台のそばの定位置に戻っている。テレビ台には水のボトルがいくつか置かれ、首に掛けられたラベルに料金は八ドルだと書いてある。

サンソムがバスルームから出てきた。

「レーガンは写真をほしがった」サンソムは言った。「理由のひとつはレーガンが感傷に浸る変わり者の老人だったからであり、もうひとつは疑《うたぐ》り深い老人だったからだ。われわれが自分の命令にしたがったかどうかを確かめたかったのだよ。覚えているかぎりでは、わたしはとびきりのにやけ顔でビン・ラーディンの隣に立っているはずだ」

スプリングフィールドが言った。「反対側にはおれが立っている」

サンソムは言った。「ビン・ラーディンは世界貿易センターのツインタワーを崩壊させた。ペンタゴンを攻撃した。世界最悪のテロリストだ。顔はあまりにもよく知られている。見まがいようがない。あの写真はわたしの政治家人生を絶つだろう。完全に。永遠に」

わたしは尋ねた。「だからホス親子もほしがっているのか？」

サンソムはうなずいた。「あの写真があればアル－カーイダはわたしを、ひいてはアメリカを辱めることができる。順番は逆かもしれないが」

わたしはテレビ台に歩み寄り、水のボトルをひとつ取った。キャップをひねり、中身を長々と飲む。この部屋はスプリングフィールドのクレジットカードでとった。つまり金を払うのはサンソムだ。サンソムなら八ドルくらい出せるだろう。

それからわたしは短く微笑した。

「だから著書にあの写真があったんだな」と言った。「事務室の壁にも。バグダードでドナルド・ラムズフェルドとサダム・フセインを写した写真が」

「そうだ」サンソムは言った。

「万が一のために。ほかにもまったく同じことをした者がいると示すために。トランプの切り札をさりげなくまぎれこませてあったわけだ。だれもそれが切り札だとは知らなかった。トランプのカードだとさえ知らなかった」

「切り札にはならない」サンソムは言った。「それにはほど遠い。ちゃちなクラブの

4のようなものだ。ビン・ラーディンはサダムよりもよほど悪人だからだよ。それに、ラムズフェルドはあとで何かの選挙に当選しようとは思っていなかった。その後は友人たちのコネで、節操もなくいろいろな職に就いた。そうせざるをえなかった。まともな人間ならけっして投票しなかっただろうから」

「あんたに友人はいるのか？」

「多くはない」

「ラムズフェルドの写真はだれも騒ぎ立てなかった」

「それはラムズフェルドが出馬しなかったからだ。選挙運動をはじめていたら、あれは世界で最も有名な写真になっていただろう」

「あんたはラムズフェルドよりまともだ」

「きみはわたしを知らないだろうに」

「経験に基づく推測だ」

「なるほど、確かにそうかもしれない。だが、ビン・ラーディンはサダムよりひどい。あの写真はいわば毒だ。キャプションさえ要らない。わたしが写っていて、世界で最も邪悪な男に笑みを向けて尻尾を振っている。中傷作戦でそういう写真を捏造《ねつぞう》することはあるが、これは本物だ」

「写真は取り戻せる」

「いつ？」

「重罪の嫌疑のほうはどうなっている？」

「時間がかかっている」

「だが、まちがいなく取り消せるのだろう？」

「そうとは言いきれない。いい知らせと悪い知らせがある」

「悪い知らせのほうから頼む」

「ＦＢＩは十中八九協力してくれない。そして国防総省はけっして協力してくれない」

「あの三人か」

「あの三人は担当からはずれた。どうやら負傷したようだな。ひとりは鼻を折り、ひとりは頭に裂傷を負った。だが、増援があった。国防総省はまだやる気満々だ」

「三人は感謝すべきだな。猫の手も借りたいくらいだろうから」

「人手が多ければいいというものでもない。縄張り争いに勝たなければならない」

「それで、いい知らせのほうは？」

「ニューヨーク市警は地下鉄の件を見逃してくれそうだ」

「それはすごいな」わたしは言った。「チャールズ・マンソンの駐車違反を揉《も》み消《け》すようなものだ」

サンソムは返事をしない。

わたしは尋ねた。「セリーサ・リーとジェイコブ・マークはどうなった？　ドハーティは？」

「仕事に戻ったよ。極秘捜査で国土安全保障省に協力したというお墨付きを連邦政府からもらって」

「つまり、三人は安泰だがわたしは安泰ではないということだな？」

「三人はだれも殴っていない。だれかの顔に泥を塗ってもいない」

「メモリースティックを取り戻したら、どうするつもりだ」

「本物かどうかを確認したうえで、叩き壊して残骸を燃やし、灰をすり潰して八つの別々のトイレに流すつもりだ」

「それはやめておけと言ったら？」

「なぜ？」

「あとで話す」

いまを午後遅くととらえるか宵の口ととらえるかは見方しだいだ。しかし、わたしは起きたばかりだったから、朝食の時間だと判断した。ルームサービスに連絡し、料理の盛り合わせを注文した。〈シェラトン・ニューヨーク〉だと、税金とチップと手数料と代金を合わせて五十ドルもする。サンソムは瞬きひとつしない。椅子に前のめりにすわったその胸のうちでは、不満と苛立ちが渦巻いている。スプリングフィールドのほうがよほど落ち着いている。四半世紀前、ふたりはともに山岳を歩き、ともに不名誉な行為をおこなった。〝味方が敵になることもあれば、敵が味方になることもある〟。とはいえ、スプリングフィールドには失うものがない。目的も、計画も、野心もない。それが現れている。当時とまったく同じように、ただ自分の役目を果たしている。

わたしは尋ねた。「ビン・ラーディンを殺そうと思えば殺せたか？」

「護衛がいた」サンソムは言った。「取り巻きのようなものだ。狂信的なまでの忠誠心を持っていた。海兵隊や全米トラック運転手組合のそれを思い浮かべて、さらに千倍にするといい。われわれは野営地の百メートル手前で武装解除された。ビン・ラーディンがわれわれとひとりで会うことはけっしてなかった。まわりには必ず人がいた。子供や動物も。石器時代のような暮らしだった」

「ビン・ラーディンはひょろ長い野郎だった」スプリングフィールドは言った。「殺したければいつでもあの痩せた首をつかんで折れた」

「殺したかったのか？」

「そのとおりだ。おれは知っていたからだ。はじめから。電球が切れたときにやっておくべきだったかもしれない。イタリア料理店でスティックパンを折るように。そうすればもっとましな未来になっていただろう」

わたしは言った。「自殺任務だ」

「それでも、のちに多くの人命を救えた」

わたしはうなずいた。「ラムズフェルドがサダムにナイフを突き立てていたら、ちょうど同じ結果になっていただろうな」

ルームサービス係が料理を持ってきたので、わたしはサンソムに椅子からどいてもらってテーブルで食事をした。サンソムは携帯電話に出て、現時点でわたしの地下鉄での犯罪行為が不問に付されたことを確認した。これでニューヨーク市警に関するかぎりは、わたしは重要参考人ではなくなったことになる。しかし、二本目の電話をかけたサンソムは、FBIの件ではまだ結論が出ていないこと、先行きは暗いことをわたしに告げた。さらに三本目の電話をかけ、国防総省の幹部がけっしてあきらめそうにないことを確認した。骨をくわえた犬のようなものだ。わたしは連邦政府のレベルではいろいろと苦しい立場にある。公務執行妨害、暴行、凶器を用いた傷害で。

「以上だ」サンソムは言った。「国防長官に直談判《じかだんぱん》しなければどうにもならない」

「あるいは大統領に」わたしは言った。

「どちらも無理だ。表面だけ見れば、いま国防総省はアル-カーイダの活動中の細胞を懸命に追っている。今日の風潮を考えれば、それに文句は言えない」

〝政治の世界は地雷だらけだ。肯定しても否定しても厄介なことになる〟。

「まあいい」わたしは言った。「少なくとも戦場の全体像は把握できた」

「厳密に言えば、きみの戦いではない」

「それなりの幕引きが果たせれば、ジェイコブ・マークも気が楽になるだろう」

「ジェイコブ・マークのためにやるのか？　幕引きなら連邦捜査官でも果たせるのに」

「そう思うか？　連邦捜査官に勝ち目はない。あんただっていつまでもこの件を長引かせるわけにはいかないだろうに」

「つまりきみはジェイコブ・マークとわたしのためにやるのか？」

「自分のためにやる」

「きみに直接のかかわりはないのに」

「挑戦が好きなのさ」

「世の中にはほかにいくらでも挑戦がある」

「ホス親子はわたしに喧嘩《けんか》を売った。ＤＶＤを届けて」

「それは戦術だ。反応すれば、向こうの勝ちだ」

「ちがう。反応すれば、わたしの勝ちだ」

「ここは開拓時代の西部ではないぞ」

「そのとおりだ。ここは腰抜けどもの西部だ。時計の針を戻す必要がある」

「ホス親子の居場所を知っているのか？」

スプリングフィールドがわたしに目をやる。

わたしは言った。「いくつか考えはある」

「まだ連絡手段を持っているのか？」

「ＤＶＤを届けて以来、ライラ・ホスは連絡してこない」

「きみをうまく罠にかけたからだ」

「だが、ライラ・ホスはまた連絡してくると思う」

「なぜ？」

「連絡したいからだ」

「勝つのはライラ・ホスかもしれない。一歩まちがえれば、きみは捕虜にされる。いずれは口を割ってしまうだろう」

わたしは尋ねた。「九・一一以後、民間旅客機に何回乗った？」

サンソムは言った。「何百回も」

「乗るたびに頭の片隅で、ハイジャック犯も同乗していればいいのにと思ったはずだ。通路を突進していくハイジャック犯がいれば、飛びかかって叩きのめせるから。命と引き換えにしてでも」

サンソムは首をかしげ、口角をさげて悲しげな小さい笑みを作った。はじめて見る表情だ。

「きみの言うとおりだ」サンソムは言った。「乗るたびにそう思った」

「なぜ？」

「わたしなら飛行機を守ろうとする」

「同時に、苛立ちをぶつけようとするはずだ。恨みを晴らそうとするはずだ。わたしでもそうする。わたしもツインタワーが好きだった。かつての世界が好きだった。それも昔の話になってしまった。わたしに政治の才能はない。外交家でも戦略家でもない。自分の弱みは知っているが、強みも知っている。だから、わたしのような男にとって、アル-カーイダの活動中の細胞に会うのは、一生ぶんの誕生日とクリスマスがいっぺんにやって来るようなものなんだよ」

「正気とは思えんな。ひとりでやるべきことではない」

「ほかに選択肢があるのか？」

「いずれ国土安全保障省がホス親子を見つけるはずだ。そうなったら合同作戦がおこなわれる。ニューヨーク市警、FBI、SWATチームの武装した数百人が投入される」

「寄せ集めの部隊による大がかりな作戦になるな」

「だが、慎重に計画される」

「以前、そういう作戦に参加したことはあるだろう？」

「何度かある」

「あんたから見て、結果はどうだった？」

サンソムは答えない。

わたしは言った。「ひとりのほうがいつだってましだ」

「そうとは言えないかもしれないぞ」スプリングフィールドが言った。「国土安全保障省が使っているコンピュータのアルゴリズムで調べた。ホス親子は大人数を連れてきている」

「何人だ」

「十九人」

68

わたしは朝食を食べ終えた。コーヒーの魔法瓶は空だ。そこで八ドルの水を飲み干し、ボトルをごみ箱にほうり投げた。ボトルは縦に回転しながらへりにぶつかり、プラスチックらしい鈍い音を立てると、跳ね返ってカーペットの上を転がった。迷信深い人間にとっては吉兆ではない。だがわたしはそういう人間ではない。

「全部で十九人」わたしは言った。「四人はすでに出国し、ふたりは歩けるが顎や肘をひどく痛めている。活動しているのは残りの十三人だな」

サンソムが言った。「顎や肘をひどく痛めている？　なぜそんなことに？」

「ふたりはわたしを捜していた。丘でグレネードランチャーを持っていれば優秀なのかもしれないが、路上での乱闘は得意ではなかったようだ」

「その男たちの額に何か書いたのか？」

「ひとりの額に。なぜ？」

「ベルヴュー病院の救急救命室からＦＢＩに通報があった。身元不明の外国人がふたり、病院の前に捨てられていたと。ひとりの額に何か書かれていたそうだ」

「罰を与えたのだろう」わたしは言った。「ホス親子はふたりの働きにおかんむりだったにちがいない。だからほかの手下の気を引き締めるためにも、ふたりを見捨てた」

「血も涙もないな」

「ふたりはいまどこに？」

「病院の安全な部屋にいる。前にもひとりがそこにいたからだ。ペンシルヴェニア駅から緊急搬送されたらしい。その男は沈黙を守っている。ＦＢＩが正体を突き止めようとしている」

「なぜそんなに時間がかかっている？　わたしはその男の額にライラの名前を書いた。〝ライラ、電話しろ〟と。ライラという名前で、ＦＢＩが関心を持っている人物がどれだけいるというんだ？」

サンソムは首を横に振った。「少しはＦＢＩを信用したまえ。名前の部分はナイフで剝ぎとってあったのだよ」

わたしはテレビ台に歩み寄り、八ドルの水のボトルをもうひとつあけた。ひと口飲む。うまい水だ。もっとも、二ドルの水よりもうまいというわけではない。あるいは、蛇口からただで飲める水よりも。

「十三人か」わたしは言った。

「加えて、肝心のホス親子がいる」スプリングフィールドが言った。

「そうだな、十五人だ」

「自殺任務だ」

「だれだって死ぬ」わたしは言った。「唯一の問題は、いつどうやって死ぬかだ」

「われわれがおおっぴらに協力することはできない」サンソムが言った。「それはわかるだろう？　ニューヨーク市の街中で、少なくともひとり、多ければ十五人が殺害されることになる。そんなことにかかわるわけにはいかない。百万キロ以内にも近づきたくない」

「理由は政治か？」

「理由はいろいろとある」

「協力は頼んでいない」

「無謀だ」

「向こうもそう思っているはずだ」

「腹案があるのか？」

「すぐに練る。待っていても意味はない」

「少なくともひとりが殺害されるというのは、言うまでもなくきみのことだ。もしそうなったら、写真のありかがわからなくなる」

「それなら幸運を祈っていてくれ」

「きみにとっては、いま教えるのが責任ある態度だと思うが」

「いや、わたしにとっては、スクールバスの運転手のように自分の役目を果たすことこそ責任ある態度だ」

「きみは信用できる男なのか？」

「生き残ることにかけて？」

「約束を守ることにかけて」

「士官候補生学校ではどう教わった？」

「将校仲間は信用すべきだと。とりわけ、同じ階級の将校仲間は」

「それなら信用しろ」

「しかし、実際にはわれわれは仲間ではなかった。まったく別の部隊にいた」

「そのとおりだ。わたしはあんたがテロリストのご機嫌とりをするために世界中を飛びまわっているあいだも、任務に精励していた。あんたは名誉戦傷章も受章していない」

サンソムは答えない。

「冗談だ」わたしは言った。「だが、ひとり目に殺されるのがわたしでないように祈ったほうがいい。さもなければ、ずっとそういう台詞を聞かされるぞ」

「いま教えたまえ」

「あんたはわたしの背中を守ってくれ」

サンソムは言った。「きみの記録を読んだ」

「そう言っていたな」

「きみはベイルートでトラック爆弾に吹き飛ばされ、名誉戦傷章を受章した。海兵隊の兵舎が爆破されたときに」

「よく覚えているとも」

「きみは醜い傷を負った」

「見たいか？」

「いや。だが忘れるな、それはホス親子の仕業ではない」

「あんたはわたしのセラピストか何かか？」

「いや。しかし、セラピストでないから的はずれなことを言うとはかぎらない」

「ベイルートの事件が何者の仕業かは知らない。だれもそれを知らないのはまちがいない。だが何者だろうと、ホス親子のいわば将校仲間だ」

「きみは復讐心《ふくしゆうしん》に突き動かされている。そしてスーザン・マークに対して、いまだに罪悪感を覚えている」

「だから？」

「だから、実力を最大限に発揮できないかもしれない」

「わたしの身を案じているのか？」

「もっぱら自分の身を案じている。写真を取り戻したいからだ」

「取り戻せるさ」

「せめてありかの手がかりを教えてくれ」

「わたしが知っていることはあんたも知っている。わたしは解き明かした。だからあんただって解き明かせる」

「きみは警官だった。知識や技能がわたしとはちがう」

「だからあんたは時間がかかるだろう。とはいえ、何もロケット科学ではない」

「それなら、どんな科学なのだね」

「たまにはふつうの人間のように考えてみろ。兵士や政治家のようにではなく」

サンソムは試みたが、うまくいかなかった。「メモリースティックを壊すべきでない理由だけでも教えてくれないか」

「わたしが知っていることはあんたも知っている」

「どういうことだ」

「いや、わたしが知っていることをあんたは知らないのかもしれない。あんたは自分にこだわりすぎだから。わたしは大衆のひとりにすぎない」

「というと？」

「あんたがたいした男であるのはまちがいない、サンソム。立派な上院議員になるのもまちがいない。とはいえ、結局のところ、どんな上院議員も百人のうちのひとりにすぎない。代わりがいくらでもいるということだ。ひとりでも名前をあげられるか？どういう分野でもかまわないから、けっして替えが利かないという上院議員の」

サンソムは答えない。

「あんただったら、アル－カーイダを倒すためにどんな手を打つ？」

サンソムは上院の軍事委員会や外交委員会や情報委員会や予算や監督の話をはじめた。陳腐な演説のように。遊説中のように。わたしは尋ねた。「あんたがやらなければ、ほかのだれもやれないという仕事が、その中にあるか？」

サンソムは答えない。わたしは尋ねた。「パキスタン北西部の洞窟に、いまアル－カーイダの幹部たちが集まっているとする。連中が髪を掻きむしりながら、まずいぞ、ジョン・サンソムだけはアメリカの上院議員にしてはならない、と言っていると思うか？　自分が連中の最重要課題だと思うか？」

サンソムは言った。「それはないだろう」

「だったら、なぜ連中は写真をほしがる？」

「ささやかでも勝利を得られる」サンソムは言った。「何もないよりはましだ」

「ささやかな勝利を得るためにしては、手間をかけすぎだと思わないか？　工作員が
ふたりに、手下が十九人に、期間が三ヵ月だぞ」

「アメリカの汚点になる」

「だとしても、たいした汚点にはならない。ラムズフェルドの写真のことを考えてみろ。だれも気にしなかった。時が移れば事情も変わる。だれかが気にしたとしても、人々はそういうことを理解している。アメリカ人はやけに賢明で分別があるか、やけに忘れっぽいかのどちらかだ。どちらなのかはよくわからない。だがどちらにせよ、その写真は不発に終わる。あんた個人は破滅するかもしれないが、一度にひとりのアメリカ人を破滅させるのはアルｰカーイダのやり口ではない」

「レーガンの名声を傷つける」

「それがどうした？　ほとんどのアメリカ人はレーガンのことを覚えてさえいない。ワシントンDCの空港の名前だと思っている」

「きみは過小評価していると思う」

「あんたは過大評価していると思う。距離が近すぎて」

「あの写真は害になると思う」

「だとしても、だれの害になる？　政府はどう考えている？」

「国防総省がしゃにむに写真を取り戻そうとしているのはきみも知っているだろうに」

「そうか？　だったらなぜ二軍に任せた？」

「あの男たちは二軍だと思っているのか？」

「心からそう願っている。あれが一軍だったら、カナダに引っ越さなければならなくなる」

サンソムは答えない。

わたしは言った。「写真はノースカロライナでいくらかあんたの足を引っ張る恐れがある。しかし、それだけだろう。国防総省が全力を尽くしている気配はない。国家にとって真の脅威ではないからだ」

「それは正確な評価ではない」

「確かにその写真はアメリカにとってありがたくない。戦略的失敗の証拠だ。ぶざまだし、汚点だし、恥さらしだ。だがそれだけだ。世界が終わるわけではない。アメリカが崩壊するわけでもない」

「つまりアル - カーイダは期待しすぎだと？　アル - カーイダも思いちがいをしていると言いたいのか？　アメリカ人をきみのようには理解していないと？」

「いや、わたしが言いたいのは、この件はどうもいびつだということだ。釣り合いがいまひとつとれていない。アル－カーイダは一軍を送りこんだのに、われわれが送りこんだのは二軍だ。したがって、写真を入手したいというアル－カーイダの意思は、写真を手放したくないというわれわれの意思より、少しだけ強いことになる」

サンソムは何も言わない。

「それから、なぜスーザン・マークは写真をただコピーするよう指示されなかったのか、その理由も考えなければならない。アル－カーイダの目的がわれわれに恥をかかせることにあったのなら、コピーするほうがいい。写真が明るみに出たとき、疑り深い人は捏造だと主張するだろう。その場合、原本が残っていれば、澄ました顔で存在を否定することはできなくなる」

「なるほど」

「それなのに、スーザン・マークはコピーするよう指示されなかった。実際のところ、盗むよう指示された。われわれから奪うよう指示された。あとには何も残さずに。発覚する恐れがよけいに大きくなるだけなのに」

「つまり、どういうことだね」

「つまり、アル－カーイダは写真を入手したいと考えているが、同様に、われわれにも保持させまいと考えている」

「よくわからないな」

「記憶を呼び覚ませ。カメラがとらえたものを正確に思い出せ。アル-カーイダは写真を公にしたくないんだよ。盗んだのは隠蔽したかったからだ」

「なぜ隠蔽しようとする？」

「あんたにとってどれだけ都合の悪い写真だろうと、ウサマ・ビン・ラーディンにとってはもっとはるかに都合の悪い何かが写っているからだ」

69

予想どおり、サンソムとスプリングフィールドは黙りこんだ。四半世紀前の、コレンガル渓谷の底にあった薄暗いテントの記憶を呼び覚ましている。緊張して姿勢を正し、無意識のうちに当時のポーズを再現している。ひとりは左に、ひとりは右に立って、あいだに主人がいる。カメラのレンズが三人に向けられ、ズームし、調整され、ピントが合わされる。フラッシュが充電され、シャッター音が鳴って、その場を光に包む。

カメラはいったい何をとらえていたのか。

サンソムが言った。「覚えていない」

「おれたちが写っていたことなのかもしれない」スプリングフィールドが言った。「単純な話だ。アメリカ人と会うのはいまでは罰当たりなことのように見られるのかもしれない」

「ちがうな」わたしは言った。「恰好の宣伝になる。ビン・ラーディンは偉大な勝者のように見え、われわれは笑い物のように見える。ほかの何かのはずだ」

「あそこは雑然としていた。秩序がなく、騒がしかった」

「命とりになるほどいかがわしいことのはずだ。男の子とか、女の子とか、動物とか」

サンソムが言った。「何がいかがわしいと見なされるのかはわからない。あのあたりでは決まりが千もある。ビン・ラーディンが食べていたものかもしれない」

「あるいは吸っていたものかも」

「あるいは飲んでいたものかも」

「アルコールはなかった」スプリングフィールドが言った。「それは覚えている」

「女は？」わたしは尋ねた。

「女もいなかった」

「何かあるはずだ。ほかに客はいたか？」

「部族民だけだった」

「外国人はだれもいなかったのか？」

「おれたちだけだった」

「体面を傷つけたり、弱い印象や逸脱した印象を与えたりする何かのはずだ。ビン・ラーディンは健康だったか？」

「そう見えた」

「ほかはどうだ」

「逸脱というのは法的な意味でか、それとも性的な意味でか？」

「アル-カーイダの司令部」わたしは言った。「そこでは男はあくまでも男であり、山羊は怯える」

「獣姦《じゅうかん》のことを言いたいのだろうが、覚えていないな。何せ大昔のことだ。おれたちは疲れていた。前線を抜けながら百五十キロも歩いてきて」

サンソムは黙りこんでいる。予想どおりに。ようやく言った。「これはたいへんな難題だ」

わたしは言った。「わかっている」

「わたしは重大な決断をくださなければならないだろう」

「わかっている」

「あの写真がわたしよりもビン・ラーディンにとって害になるのなら、公表しなければならない」

「いや、たとえわずかでもビン・ラーディンにとって害になるのなら、公表しなければならない。そしてあんたは耐え忍んで結果を受け止めなければならない」

「どこにある？」

わたしは答えなかった。

「わかった」サンソムは言った。「わたしはきみの背中を守らなければならない。しかし、きみの知っていることはわたしも知っている。そしてきみは解き明かした。それならわたしだって解き明かせる。時間はかかるだろうが。何もロケット科学ではないからだ。ということは、ホス親子だって解き明かせる。やはり時間がかかるだろうか。かからないかもしれない。いまごろ手に入れているかもしれない」

「そうだな」わたしは言った。「いまごろ手に入れているかもしれない」

「ホス親子が写真を隠蔽するつもりなら、ほうっておいて好きにさせるという手もある」

「ホス親子が写真を隠蔽するつもりなら、写真はあのふたりに対する強力な武器になるはずだ」

サンソムは何も言わない。

わたしは言った。「士官候補生学校を覚えているか？　内外のあらゆる敵に対する心構えを教わっただろう？」

「下院議会でも同じ宣誓をしている」

「だったら、ホス親子に写真を隠蔽させるべきだと思うのか？」

かなり長いあいだ、サンソムは黙っていた。

それから言った。

「行きたまえ」と。「写真を奪われる前に、ホス親子を倒せ」

行かなかった。いきなりは。すぐには。考えなければならないことがあるし、計画を立てなければならない。物資不足もどうにかしなければならない。装備が整っていない。身に着けているのはゴムのガーデニングサンダルと青いズボンだし、武器も持っていない。どれも望ましくない。行くなら黒ずくめのふさわしい服で、深夜に行きたい。ふさわしい靴で。武器も持って。数は多いほどいい。

服装は簡単にそろえられる。

武器はそうはいかない。ニューヨーク市は世界のどこよりもたやすく個人が武器庫を持てる街だとは言えない。街はずれには闇でがらくたを高値で売っている店があるだろうが、街はずれには中古車を売っている店もあり、慎重なドライバーならそんな車は避けるのが賢明だ。

さて困った。

わたしはサンソムを見て言った。「おおっぴらに協力することはできないんだったな？」

サンソムは言った。「できない」

わたしはスプリングフィールドを見て言った。「これから衣料品店に行ってくる。黒のズボン、黒のTシャツ、黒の靴を買うつもりだ。XXLくらいの、大きめの黒のウィンドブレーカーも。どう思う?」

スプリングフィールドは言った。「どうも思わない。あんたが戻ってくるころにはおれたちはいなくなっている」

〈シェラトン〉でエルスペス・サンソムに会う前にカーキ色のシャツを買ったブロードウェイの店へ行った。店は小規模だが、品ぞろえは豊富だ。靴下と靴以外は、ほしいものはすべてあった。黒のジーンズ、黒の無地のTシャツ、わたしよりずっと腹の出た男向けの、ファスナーで前を閉める黒のコットンのウィンドブレーカー。試しに着てみると、案の定、腕と肩はサイズが合い、前はマタニティドレスのように膨らんだ。

スプリングフィールドが言外の意味を察してくれていれば、あつらえ向きだ。

試着室で着替え、古い服は捨てて、店員に五十九ドルを払った。それから店員のすすめにしたがって三ブロック先の靴屋へ行った。そこで黒の丈夫な編上靴と黒の靴下を一足ずつ買った。代金は百ドル近い。ずっと昔の母の声が頭の中に響いた——〝それくらい高い靴は長持ちさせないと。足を引きずって歩いたらだめよ〟。店から出て歩道を何度か強く踏み、靴を足になじませた。つづいてドラッグストアに寄り、ノーブランドの白いボクサーパンツを買った。せっかくほかがすべて新品なのだから、そろえるべきだと思って。

そしてホテルへの帰路についた。

三歩歩いたところで、電話がポケットの中で振動をはじめた。

70

五十五番ストリートの角の建物に背中を預け、ポケットから電話を出した。〝番号非通知〟。電話を開き、耳にあてた。

ライラ・ホスが言った。「リーチャー？」

わたしは言った。「ああ」

「まだ車道に立っているのだけれど。まだトラックにはねられるのを待っているのに」

「トラックはもうすぐ来る」

「でも、いつになるのかしら」

「もうしばらくは冷や汗をかいていられるぞ。二、三日中には会いにいく」

「待ちきれない」

「おまえの居場所はわかっている」

「よかった。それならいろいろと簡単になるわね」

「メモリースティックのありかもわかっている」

「それもよかった。教えるまで、生かしておいてあげる。楽しみたいから、もう何時間か生かしておいてあげるかも」

「おまえは赤子も同然だ、ライラ。国にとどまって山羊の世話でもしていればよかったのに。おまえは死に、あの写真は世界中に広まる」

「何も録画していない新品のＤＶＤがあるのよ」ライラ・ホスは言った。「カメラは充電してあるし、いつでもあなたに主役を演じてもらえる」

「おしゃべりだな、ライラ」

ライラ・ホスは答えない。

電話を閉じ、宵闇が濃くなりつつある中、ホテルに戻った。エレベーターで上へ行き、部屋の錠をあけ、ベッドに腰掛けて待った。長いあいだ。四時間近くも。スプリングフィールドが来るものとばかり思っていた。けれども、ようやく現れたのはセリーサ・リーだった。

リーは十二時八分前にドアをノックした。わたしはチェーンと鏡のテクニックをまた使ってから、中に通した。リーははじめて会ったときと似たような恰好をしている。ズボンに、シルクの半袖のシャツ。裾は出している。色はミドルグレーではなくダークグレー。光沢は少ない。前より堅い印象を受ける。

手には黒のジムバッグを持っている。強化ナイロン製の。持ち方からして、重量のあるものがはいっているようだ。その重量のあるものの動き方や音からして、金属製のようだ。リーはバスルームの近くの床にバッグを置くと、尋ねた。「元気?」

「きみは?」

リーはうなずいた。「まるで何事もなかったみたい。三人とも仕事に戻った」

「バッグの中身は?」

「見当もつかない。面識のない男が分署に持ってきたのよ」

「スプリングフィールドか?」

「いいえ、ブローニングと名乗っていた。わたしにバッグを渡したうえで、犯罪を阻止したいのならあなたにはけっして渡すなと言った」

「それなのに持ってきたのか?」

「この目で見張っているだけよ。そのあたりにほうっておくより安全だから」

「なるほど」

「ほしければ、わたしの自由を奪わなければならないわよ。そして警官への暴行は法に触れる」

「確かに」

リーはベッドに腰掛けた。わたしから一メートルほど離れて。もっと近いかもしれない。

そして言った。「五十八番ストリートのあの古い三棟のビルを手入れした」

「スプリングフィールドからビルのことを聞いたのか？」

「ブローニングと名乗っていたけど。テロ対策部門が二時間前に踏みこんだ。ホス親子はいなかった」

「知っている」

「いたのは確かだけど、もういなかった」

「知っている」

「どうして知っているの？」

「ホス親子はレオニードとその相棒を引き渡した。それなら、レオニードとその相棒が知らない場所にもう移っている。何重にも策がめぐらされているのさ」

「どうしてレオニードとその相棒を引き渡したの？」

「ほかの十三人の気を引き締めるためだ。燃料を注ぐためでもある。われわれはふたりを少々痛めつけた。アラブのメディアは拷問だと騒ぎ立てるから、アル-カーイダに新兵が十人は加わる。八人の純利益だ。どのみち、レオニードとその相棒は手痛い損失ではない。無能だった」

「ほかの十三人はもっと優秀なのかしら」

「平均の法則にしたがえば、そのとおりだ」

「十三人を相手にするなんて正気じゃない」

「肝心のホス親子を入れれば十五人だ」

「やめておいたほうがいい」

「武器がなければ、なおさらやめるべきだな」

リーはバッグを一瞥した。それからわたしに視線を戻した。「見つけられるの？」

「ホス親子はどうやって金を得ている？」

「そこからは追跡できない。六日前から、クレジットカードやATMを使うのをやめている」

「当然だな」

「当然、見つけるのはむずかしくなる」

わたしは尋ねた。「ジェイコブ・マークは無事にニュージャージーに戻ったのか？」

「巻きこみたくないと思っているの？」

「ああ」

「でもわたしは巻きこんでもいいと思っているの？」

「きみはもう巻きこまれているぞ」わたしは言った。「そのバッグを持ってきたのだから」

「見張っているだけよ」

「テロ対策部門はほかに何をしている？」

「捜索を」リーは言った。「FBI、国防総省と合同で。いま、街には六百人が繰り出している」

「どこを調べている？」

「ここ三ヵ月のあいだに購入されたり賃借されたりした建物のすべてを。市の協力を仰いで。それから、五つの区の全域で、ホテルの宿泊者名簿やビジネスアパートメントの賃貸借契約や倉庫の取引を調べている」

「そうか」

「ちまたの噂だと、メモリースティックに保存されたペンタゴンのファイルが事件の中心にあるとか」

「そんなところだ」

「メモリースティックのありかを知っているの？」

「そんなところだ」

「どこにあるの？」

「東西はパーク・アヴェニューから九番アヴェニューまで、南北は三十番ストリートから四十五番ストリートまでの範囲にはない」

「わたしには知る権利があると思うけど」

「きみだって解き明かせる」

「ほんとうに知っているの？　知らないとドハーティは踏んでいるわよ。自分が難を逃れるためにはったりをかけているのだと」

「ドハーティは実にシニカルな人間なんだな」

「シニカルなの、それとも正しいの？」

「ありかは知っている」

「それなら取ってくればいい。ホス親子はほかのだれかに任せるのよ」

わたしはそれには答えなかった。代わりに言った。「きみはジムにかよっているのか？」

「足繁《あししげ》くはかよっていない」リーは言った。「どうして？」

「きみの自由を奪うのはどれだけむずかしいかを考えていたのさ」

「たいしてむずかしくない」リーは言った。

わたしは答えなかった。

リーは尋ねた。「いつから取りかかるつもり？」

「二時間後だ」わたしは言った。「そのあと、二時間かけてホス親子たちを捜し出し、朝四時に襲撃する。その時刻がいちばんいい。ソ連から学んだことだ。あの国は医者に研究させていた。人は朝の四時に最も能力が低くなる。万国共通の真実だ」

「いま作った話ね」

「ちがう」

「二時間で捜し出せるわけがない」

「捜し出せるさ」

「なくなったファイルはサンソムがらみなんでしょう？」

「ある程度は」

「サンソムはあなたがそれを持っていることを知っているの？」

「持ってはいない。だが、ありかは知っている」

「サンソムはそのことを知っているの？」

わたしはうなずいた。

リーは言った。「ということは、あなたはサンソムと取引をしたのね。窮地に陥ったわたしとドハーティとジェイコブ・マークを助けてくれれば、ありかへ連れていくと」

「取引の第一の目的は、窮地に陥ったわたし自身を助けてもらうことだった」

「あなたを助けるのはうまくいかなかったはず。あなたはいまも連邦捜査官に追われている」

「ニューヨーク市警に関するかぎりは、うまくいった」

「残りのわたしたち全員を助けるのもうまくいった。それについては感謝している」

「どういたしまして」

リーは尋ねた。「ホス親子はどうやって国外に逃れるつもりなのかしら」

「そのつもりはないと思う。数日前にその選択肢は消えた。ホス親子はもっと順調に事が運ぶと見こんでいたはずだ。いまでは決死の覚悟で任務を果たすことしか考えていない」

「自殺任務のように？」

「連中はそれが得意だからな」

「あなたにとってはありがたくないわね」

「連中が自殺したいのなら、喜んで手伝うさ」

リーがベッドの上で腰をずらし、シャツの裾が体の下にはさまれてシルクの生地が引っ張られ、腰に帯びた銃の形があらわになった。パンケーキホルスターにグロック17を入れてあるようだ。

わたしは尋ねた。「きみがここにいることを、だれか知っているか？」

「ドハーティが知っている」リーは言った。

「いつ戻ることになっている？」

「あす」リーは言った。

わたしは何も言わなかった。

リーは言った。「いま、何をしたい？」

「正直に答えていいのか？」

「どうぞ」

「きみのシャツのボタンをはずしたい」

「警官にしょっちゅうそんなことを言っているの？」

「昔は。知り合いは警官ばかりだったからだ」

「危険があなたを欲情させるというわけ？」

「女性がわたしを欲情させる」

「女ならだれでも？」

「いや」わたしは言った。「だれでもではない」

リーは長いこと黙ってから言った。「いい考えじゃないわね」

わたしは言った。「わかった」

「ことわられたと受けとったの？」

「ちがうのか？」

リーはふたたび長いこと黙ってから言った。「気が変わった」

「どの件で？」

「いい考えじゃないという件で」

「すばらしい」

「でもね、わたしは風紀課に一年いたの。囮捜査をやっていた。逮捕するためには、自分がこれからしてもらえることをその人物が充分に期待しているという証拠が必要だった。だから自分から先にシャツを脱ぐよう仕向けていた。意図がある証拠として」

「そうしろと言うならそうする」

「そうしたほうがいいと思う」

「逮捕するのか？」

「いいえ」

わたしは新しいTシャツを脱いだ。部屋の奥にほうる。テーブルの上に落ちた。スーザン・マークが地下鉄でそうしたように、リーもわたしの古傷を少し見つめた。ベイルートの兵舎でトラック爆弾の破片を食らったときの縫合痕が、醜く盛りあがって網目模様を作っている。しばらく眺めさせてから言った。「きみの番だ。シャツを」

リーは言った。「わたしは伝統を重んじる女なの」

「というと？」

「先にキスをしてもらわないと」

「そうしろと言うならそうする」とわたしは言った。そしてそうした。はじめはゆっくりとやさしく、ためらいがちに。何かを探るかのように。時間をかけて新しい口と新しい味と新しい歯と新しい舌を味わうかのように。どれもよかった。入口のようなものを越えたわれわれは、もっと激しくその先へ進んだ。じきにふたりとも無我夢中になった。

事が終わると、リーはシャワーを浴び、わたしも浴びた。リーは服を着て、わたしも着た。リーはもう一度わたしにキスをしてから、用があったら連絡してと言い、わたしの幸運を祈ったうえで、ドアから出ていった。バスルームの近くの床に、黒いバッグを置き去りにして。

71

バッグをベッドに運んだ。三、四キロはあるようだ。皺の寄ったシーツの上に置くと、快い金属音が鳴った。ファスナーをあけて大きく開き、中を見た。

最初に目にはいったのは紙ばさみだ。

法定サイズでカーキ色、厚い普通紙と薄い厚紙のどちらでできているかは見方による。中にはプリントアウトされた紙が二十一枚収められている。二十一人ぶんの入国記録だ。女がふたりに男が十九人。トルクメニスタン国籍。三ヵ月前にタジキスタンからアメリカに入国。旅程が重なっている。ＪＦＫ空港の入国審査カウンターで撮影されたデジタル写真と採取されたデジタル指紋が載っている。写真は魚眼レンズで撮影したためにわずかにゆがんでいる。カラー写真だ。ライラとスヴェトラーナはすぐに見分けられた。レオニードとその相棒も。残りの十七人は知らない顔だ。そのうち四人にはすでに出国した記録がある。国外逃亡した四人だろう。その男たちの書類はごみ箱に捨て、未知の十三人の書類をベッドの上に広げて念入りに目を通した。

　十三の顔はどれも、退屈と疲労が表れている。短距離便、乗り継ぎ、長い大西洋横断、時差、ＪＦＫ空港の入国審査場での長い待ち時間のせいだろう。不機嫌そうにカメラに目をやり、顔を正面に向け、レンズを見あげている。ということは、十三人とも背がいくらか低い。レオニードの書類と照らし合わせた。その視線にもほかの者と同じように退屈と疲労が表れているが、水平に向けられている。一行の中では最も背が高い。スヴェトラーナ・ホスの書類を確かめた。最も背が低い。ほかの者はみなその中間で、気候と食事と文化のせいで骨と筋肉と腱ばかりに痩せ細った小柄な中東の男たちだ。ひとり目から十三人目まで繰り返し凝視し、顔つきを脳裏に焼きつけた。

　それからバッグに注意を戻した。

　最低でも、まともな拳銃を期待していた。小ぶりのサブマシンガンなら最高だ。大きめの上着の件をスプリングフィールドに伝えたのは、その下に何かを入れて持ち運ぶだけの空間があることに気づかせたかったからだ。短くしたストラップで胸の前に吊ってファスナーを閉めれば、だぶついた布地で隠せることに。意図が伝わっていることを願った。

　伝わっていた。意図は確かに伝わっている。期待に見事に応えてくれている。

　最低の場合よりもいい。

　最高の場合よりもなおいい。

届けられたのはサプレッサー付きの小ぶりのサブマシンガンだ。ヘックラー《H》&コッホ《K》のMP5SD。定評あるMP5のサプレッサー内蔵版。銃床やストックはない。ピストルグリップ、引き金、三十発入りのバナナ形弾倉を入れる機関部、二重構造のサプレッサーを組みこんだことで極太になった六インチの銃身のみからなる。九ミリ弾を迅速かつ正確に、しかも静かに発射できる。優秀な武器だ。黒のナイロン製のストラップも取りつけてある。ストラップははじめから短く締められ、取りまわしができる最低限の長さになっている。まるでスプリングフィールドが〝ちゃんと聞いていたぞ〟と言っているかのように。

銃をベッドに置いた。

弾薬も届けてくれた。バッグの中にはいっている。バナナ形弾倉が一本。三十発入り。弾薬は短くて太く、つややかな真鍮の薬莢《やっきょう》が光に瞬き、磨かれた鉛の弾丸はまばゆいほどだ。九ミリ・パラベラム弾。名称はラテン語の〝汝、平和を欲さば、戦に《シイ・ウィス・パケム・パラ・》備えよ《ベラム》〟という警句に由来する。賢明なことわざだ。だが、三十発は多くはない。十五人を相手にするときは。とはいえ、ニューヨーク市は楽に武器をそろえられる街ではない。わたしでも、スプリングフィールドでも。

弾倉を銃の横に並べた。

まだあるかもしれないので、バッグをもう一度調べた。

もうない。

しかし、いわばボーナスがあった。

ナイフだ。

ベンチメイド3300。精密に作られた黒い柄。自動で刃が出るオートマチック式。現役の軍人や法執行機関の人間でないかぎり、五十の州のすべてで違法だが、わたしはどちらでもない。スイッチを親指で押すと刃が勢いよく飛び出て固定された。刃は両刃で、槍《やり》のように刃先がとがっている。刃渡りは十センチほど。わたしはナイフに恍惚《こうこつ》となる人間ではない。好みの一本もない。どのナイフもあまり好きではない。しかし、一本持って戦えと言われれば、スプリングフィールドが届けてくれたこれに近いものを選ぶだろう。オートマチック式、とがった刃先、両刃。両手で同じように使え、突き刺すこともできるし、内側にも外側にも切り裂くことができる。

刃をしまい、H&Kの隣に置いた。

バッグにはあとふたつの品がはいっている。大きさも形も大男の左手用の、黒の革手袋の片方。黒のダクトテープひと巻き。それらもベッドに置き、銃と弾倉とナイフとともに並べた。

三十分後には、身支度を調え、銃に弾薬を装填した状態で、R系統の地下鉄で南に向かっていた。

72

R系統の地下鉄は旧型の車両を使っていて、一部の座席は前後を向いたクロスシートになっている。だが、わたしは横を向いたシートにひとりきりですわっていた。時刻は午前二時。乗客はほかに三人いる。わたしは肘を膝に突き、向かいの窓ガラスに映った自分の姿を見つめていた。

該当する項目を数えながら。

場ちがいな服装は当てはまる。顎の下までファスナーを閉めたウィンドブレーカーはいかにも暑すぎ、大きすぎるように見える。その下ではＭＰ５のストラップが首に掛けられ、銃本体は体の前でグリップを上に、銃身を下にして斜めに吊《つ》られ、外からはまったく見えない。

ロボットめいた歩き方——疑わしい人物が公共交通機関ですわっている場合、該当するかどうかは判然としない。

三番目から六番目まで——苛立ち、発汗、チック、神経質な態度。自分が汗をかいているのは確かだ。気温や上着を考慮しても、ややかきすぎかもしれない。苛立ちも感じている。ふだんよりもやや強く感じているかもしれない。だが、窓ガラスに映った自分に目を凝らしても、チックの症状は見てとれない。目つきはしっかりしているし、顔つきも落ち着いている。神経質な態度も見てとれない。とはいえ、態度とは外に表れるものだ。胸のうちでは、やや神経質になっている。それはまちがいない。

七番目――呼吸。小刻みな息遣いはしていない。しかし、ふだんよりも呼吸がやや深く、むらがないと言われればそのとおりかもしれない。通常は呼吸などまず意識しない。それは何もしなくても自動的におこなわれるものだ。脳の奥深くに刻みこまれた、不随意の反射運動に近い。だがいまは、鼻から吸って口から吐く執拗なリズムを感じとれる。吸って、吐いて、吸って、吐いて。機械のように。水中で酸素ボンベを使うときのように。リズムを遅くしようとしてもできない。空気中の酸素が乏しく感じる。不活性ガスのようにはいってきては出ていくだけだ。アルゴンやキセノンのように。なんらわたしの役に立っていない。

八番目――前方に固定された視線。当てはまるが、ほかの項目を評価するためにそうしているだけだと考えた。あるいは、注意力の表れだと。あるいは、精神集中の表れだと。ふだんは周囲に視線を走らせ、一点に固定はしない。

九番目――祈りのつぶやき。これはない。わたしは黙りこくっている。口は閉じたままでまったく動いていない。むしろあまりに強く口を閉じているために奥歯が痛いほどで、顎の端の筋肉がゴルフボールのように盛りあがっている。

十番目——大きなバッグ。持っていない。

十一番目——バッグの中に入れた両手。該当しない。

十二番目——剃ったばかりのひげ。これもない。ひげはもう何日も剃っていない。

つまるところ、十二項目のうち六項目に該当する。わたしは自爆テロリストなのかもしれないし、ちがうのかもしれない。

そして自殺しようとしているのかもしれないし、ちがうのかもしれない。自分の鏡像を見つめ、はじめてスーザン・マークを見たときのことを思い出した——〝この地下鉄が確実に路線の終点へ向かっているのと同じように、確実に人生の終点へ向かっている女〟。

肘を膝から浮かし、背もたれに寄りかかった。乗り合わせた三人を眺める。男がふたりに、女がひとり。特に目を引くところはない。列車は鉄道らしい音を立てて揺れながら南へ向かっている。風切り音、車輪がレールの伸縮継目を越える鈍い音、集電装置がこすれる音、モーターの駆動音、車両がつぎつぎに長いゆるやかなカーブに進入する甲高い音。向かいの暗い窓に映った自分に視線を戻し、笑みを浮かべた。

敵は多数。

これが最初ではない。

最後でもない。

三十四番ストリート駅でおりたが、構内にとどまった。暑い中、木製のベンチにすわって、自分の推理をもう一度検討した。大英帝国の歴史からライラ・ホスが学んだ教訓を思い返す。〝攻勢を企図するとき、真っ先に計画しなければならないのは、やむをえない退却だとあります〟。ライラ・ホスを送りこんだ指導者たちは、この適切な助言にしたがっただろうか。賭けてもいいが、したがっていない。理由はふたつある。ひとつ目は狂信だ。イデオロギーで動く組織は、合理的な思考を受け入れられない。合理的に考えはじめたら、とたんにすべてが瓦解してしまう。そしてまた、イデオロギーで動く組織は、歩兵に背水の陣を強制したがる。死に物狂いで戦わせるために。爆発物のベルトにファスナーや留め金を使わず、縫い合わせるのと同じだ。

ふたつ目の理由として、退却計画には失敗の恐れが付きまとう。どうしても。三ヵ月前に第三、第四、第五の隠れ家を買ったり借りたりしていれば、市の記録から浮かびあがるだろう。万一のためにホテルを予約していても、やはり浮かびあがる。同じ日程で予約していれば、浮かびあがる。いま、六百人の捜査官たちが街を虱潰《しらみつぶ》しに捜している。おそらく何も見つかるまい。山岳地帯で計画を立案した者たちは、この動きを読んでいたはずだからだ。嗅ぎつけられたら、徹底して足どりを追われることを知っている。安全な行き先は事前に準備していない行き先にかぎられることを知っている。

したがって、いまホス親子は孤立無援の状態にある。手下全員とともに。女がふたりに、男が十三人。五十八番ストリートの隠れ家を捨て、慌ただしく即興で動き、レーダーの網をかいくぐっている。

それこそ、わたしの生きている場所だ。ホス親子たちはわたしの世界にいる。

同類ならば、見つけられる。

地下からヘラルド・スクエアに出た。六番アヴェニューとブロードウェイと三十四番ストリートがここで交わっている。昼はにぎやかなところだ。デパートの〈メイシーズ〉がすぐ隣にある。夜も人けがないわけではないが、静かだ。六番アヴェニューを南へ歩き、三十三番ストリートを西へ行って、色褪《いろあ》せた古い建物の脇に出た。今週、安らかに眠れたのは、このホテルに泊まったひと晩だけだ。胸にあたるMP5は硬く、重い。ホス親子には選択肢がふたつしかない。路上で眠るか、夜間ポーターに金をつかませるかのどちらかだ。マンハッタンにはホテルが何百もあるが、簡単にグレード分けできる。大半は並み以上で、従業員の数が多く、ごまかしは通じない。安ホテルのほとんどは小さい。そしてホス親子は十五人も泊まらせなければならない。部屋が少なくとも五つは要る。人目につかない空室が五つもあるのは大きなホテルだけだ。なおかつ、賄賂の効く夜間ポーターがひとりで働いているホテルだにかぎられる。わたしはニューヨークをそれなりによく知っている。ふつうの人間なら考えもしない角度から、この街を解説できる。賄賂の効く夜間ポーターがひとりで働いているホテル古くて大きいホテルはマンハッタンに二軒しかない。一軒は二十三番ストリートのずっと西にある。舞台の中心からは遠く離れていて、これには一長一短がある。総じて、長所より短所のほうが多い。

となれば、二軒目を選ぶだろう。

いまわたしの横に建っているのが、その残された唯一の選択肢だ。

頭の中の時計が午前二時半を過ぎようとしている。暗がりに立って待った。早すぎるのも遅すぎるのも避けたい。頃合いを見計らいたい。左右に目を向けると、六番アヴェニューを北へ行く車と、七番アヴェニューを南へ行く車が見える。タクシー、トラック、自家用車、パトロールカー、黒っぽいセダン。この脇道は静まり返っている。

二時四十五分に壁から背中を離し、角をまわってホテルの入口へ向かった。

73

前と同じ夜間ポーターが勤務していた。ひとりきりで。フロントデスクの向こうの椅子にだらしなくすわり、陰気な顔で宙を見つめている。ロビーには曇った古い鏡がある。わたしの上着の前が膨らんでいる。ＭＰ５のピストルグリップと湾曲した弾倉と銃口の形が見てとれるように思えた。だが、わたしは上着の下に何があるかを知っている。ポーターは知るわけがない。

歩み寄って言った。「わたしを覚えているか？」

ポーターは肯定しない。否定もしない。肩をすくめるというどうとでもとれるしぐさをしただけで、わたしはそれを交渉開始の誘いと受けとった。

「泊まりにきたわけじゃない」わたしは言った。

「でしたら何をしに？」

ポケットから二十ドル札を五枚出した。合計で百ドル。有り金の大半だ。紙幣を扇形に広げ、二桁の数字が五つとも見えるようにして、フロントデスクに置いた。

そして言った。「真夜中ごろに来た一団に用意した部屋の番号が知りたい」

「どんな一団でしょうか」

「女がふたりに、男が十三人」

「真夜中ごろにはどなたもいらっしゃっていませんが」

「女のひとりは美人だ。若い。目は鮮やかな青。そう簡単には忘れないと思うが」

「どなたもいらっしゃっていません」

「ほんとうか？」

「どなたもいらっしゃっていません」

五枚の紙幣を押しやった。「ほんとうに確かか？」

ポーターは紙幣を押しやった。

そして言った。「金がほしいのは山々です。でも、今夜はどなたもいらっしゃっていないんです」

地下鉄には乗らなかった。代わりに歩いた。危険は織りこみ済みだ。六百人の連邦捜査官のうち、どれだけの人数がこの近辺にいるかわからないのに、身をさらすことになるが、携帯電話を使えるようにしたい。自分の中では、携帯電話は地下鉄では使えないという結論が出ている。使っている人をひとりも見たことがない。マナーだからではないだろう。電波が届かないからだ。それで歩いた。三十二番ストリートを通ってブロードウェイへ行き、そこからブロードウェイを南にたどって、バッグの直販店と安物の宝石店と偽ブランドの香水の卸売店の前を通り過ぎた。三軒とも夜間のため閉店中で、シャッターがおろされている。このあたりは暗く、雑然としている。独立した小区域だ。ラゴスやサイゴンにあってもおかしくない。

二十八番ストリートの角で足を止め、タクシーをやり過ごした。

電話がポケットの中で振動をはじめた。

二十八番ストリートに引っこみ、物陰の踏み段に腰をおろして電話を開いた。

ライラ・ホスが言った。「それで?」

わたしは言った。「まだおまえたちを捜し出せていない」

「そのようね」

「だから取引をしたい」

「本気なの?」

「金はいくらある?」

「いくらほしい?」

「全部だ」

「メモリースティックは持っている？」

「ありかなら教えられる」

「でも手もとに持ってはいないのね？」

「そうだ」

「それなら、ホテルでわたしたちに見せたあれはなんだったの？」

「囮だ」

「五万ドル」

「十万」

「十万ドルもない」

わたしは言った。「おまえはバスにも鉄道にも飛行機にも乗れない。もう逃げられない。おまえは追いこまれているんだ、ライラ。ここで死ぬことになる。やり遂げて死にたくないのか？　暗号化したEメールを司令部に送れるようにしたくないのか？　任務を果たしたくないのか？」

「七万五千」

「十万」

「わかったわ、でも今夜は半額だけ」

「信用できない」

「信用するしかない」

わたしは言った。「七万五千、今夜に全額」

「六万」

「いいだろう」

「どこにいるのかしら」

「アップタウンの奥にいる」嘘をついた。「だが、移動中だ。四十分後にユニオン・スクエアで会おう」

「それはどこにあるの？」

「ブロードウェイの十四番ストリートと十七番ストリートのあいだだ」

「安全なの？」

「充分に安全だ」

「行くわ」ライラ・ホスは言った。

「おまえだけだ」わたしは言った。「ひとりで来い」

電話は切れた。

二ブロック歩いてマディソン・スクエア・パークの北端へ行き、ベンチに腰をおろした。一メートル離れたところには、ダンプカー並みに山盛りのショッピングカートを押すホームレスの女がいる。ポケットからセリーサ・リーのニューヨーク市警の名刺を引っ張り出した。街灯の薄明かりのもとで目を走らせる。携帯電話の番号を押した。呼び出し音が五回鳴ったあとにリーが出た。

「リーチャーだ」わたしは言った。「用があったら連絡するよう言っていたな」

「なんの用なの？」

「わたしがニューヨーク市警のお尋ね者でないことに変わりはないな？」

「確かよ」

「それなら、テロ対策部門に伝えてくれ。いまから四十分後、ユニオン・スクエアにいるわたしに、ライラ・ホスの手下の少なくともふたり、多ければ六人程度が接触してくると。手下は好きにしていいが、わたしには手を出すなと伝えろ」

「人相は？」

「あのバッグの中身を見ただろう？　届ける前に」

「もちろん」

「それなら顔写真を見たはずだ」

「ユニオン・スクエアのどこ？」

「南西の角へ行くつもりだ」

「あの女を捜し出したの？」

「最初に調べた場所が当たりだった。ホテルだ。ライラ・ホスは夜間ポーターに金をつかませた。脅しもかけた。問いただしても夜間ポーターはすべて否定し、わたしがロビーから出たとたん、フロントからライラ・ホスの部屋に電話をかけた」

「どうしてわかるの？」

「一分も経たないうちに本人から電話があったからだ。わたしも人並みに偶然は好きだが、あのタイミングはさすがにできすぎている」

「どうして手下と会うの？」

「ライラ・ホスと取引したからだ。ひとりで来いと伝えた。だが、約束を破って手下を代わりに送りこむだろう。きみの仲間が手下をとらえてくれれば助かる。全員を撃ち殺す羽目になるのは避けたい」

「良心に目覚めたというわけ？」

「いや、弾が三十発しかないんだ。充分とは言えない。節約する必要がある」

九ブロック歩いてユニオン・スクエアに足を踏み入れた。ひとまわりしてから二本の対角線上も歩く。気になるものは見当たらない。いくつかの人影がベンチで眠そうにしているだけだ。ニューヨーク市で、ただで泊まれる宿のひとつ。ガンジー像のそばに腰をおろし、ネズミが出てくるのを待った。

74

四十分の待ち時間のうち二十分が過ぎたころ、ニューヨーク市警のテロ対策部隊が集まりはじめた。手練《てだ》れの動きだ。古びた目立たないセダンや、へこみや傷だらけの押収したミニバンを使っている。十六番ストリートのコーヒーショップの外にも、営業していないタクシーが停まった。後部座席から男がふたりおり、道を渡ってくる。数えると合わせて十六人いたが、四、五人は見落としていてもおかしくない。事情を知らなければ、格闘技のジムで夜の長い練習が終わったところかと思っただろう。男たちはみな若く、壮健で、たくましく、訓練された運動選手のような身のこなしをしている。みなジムバッグを持っている。みな場ちがいな服装をしている。ヤンキースのウォームアップジャケットや、わたしのと似た黒っぽいウィンドブレーカーや、薄手のフリースのパーカーを着ていて、まるでもう十一月になったかのようだ。ケブラー繊維の防弾ベストを隠すためだろう。首からチェーンでさげたバッジを隠すためかもしれない。

だれもこちらを直視こそしなかったが、わたしを見つけ、人物を把握したのはわかった。男たちはわたしの周囲でひとりから三人までに分かれると、暗闇に引きさがって姿を消した。景色に完全に溶けこんでいる。何人かはベンチにすわり、何人かは近くの建物の玄関前に寝そべり、何人かは見えないところへ行っている。

手練れの動きだ。

四十分の待ち時間のうち三十分が過ぎたころ、わたしはかなり楽観していた。

五分後には楽観していられなくなった。

連邦捜査官が現れたからだ。

ユニオン・スクエア・ウェストに別の車が二台停まった。黒のクラウンヴィクトリア。ワックスをかけられ、つややかに光っている。男が八人おりてくる。ニューヨーク市警の男たちが身じろぎする気配を感じた。闇に目を凝らし、顔を見合わせ、〝あいつらがなぜここにいる?〟といぶかしんでいる気配を。

わたしはニューヨーク市警に関しては安泰だ。ＦＢＩと国防総省に関してはそうではない。

ガンジー像に目をやった。何も教えてくれない。

電話を出して緑色のボタンを押し、セリーサ・リーの番号を表示した。最後にかけた相手だ。もう一度緑色のボタンを押して発信した。リーはすぐに出た。

わたしは言った。「連邦捜査官たちがいるぞ。どうしてこうなった？」

「参ったわね」リーは言った。「うちの通信が傍受されているか、うちのだれかがもっといい仕事に就こうとしているかのどちらかよ」

「今夜、捜査の優先権があるのは？」

「向こうよ。いつもそう。さっさと逃げたほうがいい」

電話を閉じ、ポケットに戻した。クラウンヴィクトリアからおりた八人が物陰に潜む。園内は静かになった。左に見えるネオンサインで欠けた文字が光り、不規則に点滅を繰り返している。背後の根覆いの中をネズミが動きまわる音が聞こえる。

わたしは待った。

二分。三分。

四十分の待ち時間のうち三十九分が過ぎたとき、右奥で人の動く気配を感じた。足音、空気の乱れ、闇にできた隙間。視線を注ぐと、影と薄明かりの中を抜けてくる人影が見えた。

数は七つ。

これは好材料だ。いま多いほど、あとは少なくなる。

自尊心もくすぐられた。ライラは危険を冒して戦力の半分以上を投入した。それだけわたしを強敵だと見なしているからだ。

七人とも小柄で、動作にむだがなく、警戒している。わたしと同じように、武器を隠せる大きめの黒っぽい服を着ている。だが、わたしを撃つつもりはないだろう。ライラがメモリースティックのありかを知りたがっていることが、いわばボディアーマーの役目を果たしている。男たちはわたしに気づき、三十メートル向こうで足を止めた。

わたしは静かにすわっていた。

理屈のうえでは、ここは簡単にいくはずだった。手下どもが近づいてきたら、ニューヨーク市警の警官たちが突撃する。わたしは立ち去り、自分の仕事をこなす。しかし、連邦捜査官たちまで居合わせたらそうはいかない。最善の場合でも、連中はわたしを含む全員を確保しようとするだろう。最悪の場合、手下どもよりもわたしを確保しようとする。わたしはメモリースティックのありかを知っている。ライラの手下どもは知らない。

わたしは静かにすわっていた。

七人は三十メートル向こうで散開した。ふたりはその場を動かず、わたしの右斜め前に陣どっている。ふたりは左へ急いでまわりこみ、反対側へ向かう。三人は歩きつづけ、背後をとろうとしている。

わたしは立ちあがった。右側のふたりが近づいてくる。左側のふたりは側面から包囲する動きの途中にある。背後の三人は見えない。ニューヨーク市警の警官たちはもう立ちあがっているだろう。連邦捜査官たちも動きはじめているだろう。状況はどう転ぶかわからない。

わたしは走った。

六メートル前方の、東屋《あずまや》になっている地下鉄の入口へまっすぐに。階段を駆けおりる。足音が追ってくる。反響して騒々しい。おおぜいだ。おそらく四十人に近い男たちが、ハーメルンの笛吹きよろしく一列になって必死に追いかけてくる。

タイル貼りの通路を駆け抜け、地下街に出た。今度はバイオリン弾きはいない。饐《す》えた空気の中にごみが散らばり、ヘッド部分の幅が一メートルほどもある古びたデッキブラシで老人が掃除をしているだけだ。その脇を走り過ぎたところで足を止め、新しい靴底を横滑りさせながら向きを変えて、R系統のアップタウン行きホームへ向かった。回転棒を跳び越え、ホームに駆けこんで端まで行く。

そして止まった。

そして振り返った。

三つの別々のグループが順々に追いかけてくる。一番手はライラ・ホスの手下の七人だ。こちらへ突進してくる。わたしに逃げ場がないのを見てとり、足を止めた。顔に浮かんでいるのは、残忍で満足げな表情だ。が、それが当然の結論に至った表情に変わる――あまりにも都合がよすぎる、という結論に。人が考えていることのいくつかは、どの言語でもそれとわかる。手下どもは慌てて振り返り、ニューヨーク市警のテロ対策部隊がすぐ背後に迫っているのに気づいた。

そしてニューヨーク市警の警官たちのすぐ背後には、八人の連邦捜査官のうち四人がいる。

ホームにはほかにだれもいない。民間人はひとりも。向かいのダウンタウン行きのホームには、男がひとりだけベンチにすわっている。若い。酔っているのかもしれない。もっとひどい状態かもしれない。突然の騒動に目を瞠《みは》っている。時刻は午前三時四十分。茫然《ぼうぜん》とした様子だ。いま目撃しているものをよく理解できないかのように。

ギャングの抗争のように端からは見える。だが実際のところ、若者が目撃しているのは、ニューヨーク市警によるすみやかで鮮やかな逮捕劇だ。警官たちは立ち止まらない。ひと塊《い》になり、武器を抜いて怒鳴りながらバッジを掲げ、大きな体格と三対一の数的優位を活かし、七人の手下どもを完全に圧倒する。勝負にならない。まるで。七人全員を組み伏せ、腹這いにさせて手錠を掛けると、引っ立てていく。動きを止めずに。手間どりもせずに。ミランダ警告もおこなわずに。かぎりなくすばやく、容赦せずに。完璧な戦術だ。文字どおりものの数秒で、警官と手下はいなくなった。足音が遠ざかり、聞こえなくなる。構内は静まり返った。向かいのホームの男はまだ目を瞠っているが、目撃しているものは一変している。静かなホームの端にわたしだけが立ち、十メートルほど離れたところに連邦捜査官が四人いる。あいだには何もない。何ひとつ。まばゆい白い光とうつろな空間があるだけだ。

一分近くは何も起こらない。が、そこで線路の向こうのダウンタウン行きのホームに連邦捜査官の残りの四人が現れる。わたしの真向かいに位置どり、身じろぎせずに立った。チェスで好手を指したときのように、四人とも小さな笑みを浮かべている。確かに好手だ。また線路を渡るという離れ業をやっても意味はない。こちら側の四人の捜査官はわたしと出口のあいだにいる。わたしの背後には何もない白い壁とトンネルの出入口があるだけだ。

チェックメイト。

わたしは立ち尽くした。汚れた地下の空気を吸い、かすかに響く換気装置の音とこの路線のどこか遠くを走る地下鉄の重々しい音に耳を澄ました。

いちばん手前にいる捜査官が上着の下から銃を抜いた。

わたしに一歩近づく。

そして言った。「両手をあげろ」

75

夜間ダイヤ。列車は二十分おきにしか来ない。われわれがここに来てから四分ほど経つ。だから計算すればわかるが、つぎの列車が到着するまで最長で十六分は待たなければならない。最短ならまったく待たなくていい。

最短はありえない。トンネルは暗く静かなままだ。

「両手をあげろ」リーダーの捜査官がふたたび大声で言った。四十がらみの白人だ。まちがいなく元軍人。ＦＢＩではなく、国防総省。前に会った三人の同類。ただし、歳は少し上かもしれない。頭も少しいいかもしれない。腕も少しいいかもしれない。二軍ではなく、一軍かもしれない。

「撃つぞ」リーダーの捜査官は大声で言った。だが、撃たないだろう。ただのはったりだ。連中はメモリースティックをほしがっている。わたしはそのありかを知っている。連中は知らない。

中間をとれば、つぎの列車まで八分。それより長くなることはあっても、短くなることはなさそうだ。銃を持ったリーダーがもう一歩近づく。三人の同僚がしたがう。線路の向こうでは、ほかの四人が身じろぎせずに立っている。ベンチの若者は茫然と見守っている。

トンネルは暗く静かなままだ。

リーダーの捜査官が言った。「こんな面倒もいまから一分以内に終わりにできる。ありかを教えるだけでいい」

わたしは言った。「なんの？」

「わかっているだろうに」

「どんな面倒だ？」

「いいかげんにしろ。そもそも、きみは重要な要素を見落としている」

「というと？」

「どれほど知能が高かろうと、それが唯一無二であることはめったにない。むしろかなり平凡なことが多い。それなら、きみに解き明かせたのであれば、われわれにだって解き明かせる。それなら、きみの生存は必須ではない」

「だったら好きにすればいい」わたしは言った。「ぜひ解き明かしてくれ」

リーダーは銃を掲げ、狙いを定めた。グロック17だ。全弾装塡しても重さは七百グラムほど。出まわっている制式拳銃の中ではとびきり軽い。一部がプラスチック製だからだ。リーダーの腕は短く、太い。いつまでもこの姿勢を保っていられるだろう。

「最後のチャンスだ」リーダーは言った。

線路の向こう側で若者がベンチから立ちあがり、離れていく。大股の足どりはおぼつかなく、まっすぐに歩けていない。メトロカードの二ドルぶんをふいにしてでも、平穏な人生を歩みたいのだろう。若者は出口に着いて、視界から消えた。

目撃者はいなくなった。

中間をとれば、つぎの列車まであとおよそ六分。

わたしは言った。「あんたが何者なのか知らない」

リーダーは言った。「連邦捜査官だ」

「証明しろ」

リーダーはわたしの体の中心に銃を向けたままだったが、首をひねって背後の捜査官にうなずきかけた。その捜査官はわれわれのあいだの無人地帯に進み出た。立ち止まり、上着の内ポケットに手を入れ、革のバッジ入れを取り出す。それを目の高さに差し出し、下に開いた。二枚の身分証が収められている。どちらも読めない。遠すぎるし、どちらも傷のついた樹脂製カバーの内側にある。

わたしは前に出た。

捜査官も前に出た。

一メートル強まで近づくと、バッジ入れの上側には国防情報局の標準の身分証があるのがわかった。本物のようだし、有効期限内だ。下側には許可証か委任証のようなものがあり、これの所持者はアメリカ合衆国大統領のために直属で職務にあたっているので、あらゆる協力を得られると記してある。

「すばらしい」わたしは言った。「食べるために働くよりましだな」

わたしは後ろにさがった。

捜査官も後ろにさがった。

リーダーの捜査官が言った。「昔、きみがやっていたことと変わらない」

「大昔の話だ」わたしは言った。

「こんなことをするのは自己中心的だからか？」

「実用的だからだ」わたしは言った。「何かを適切におこないたいのなら、自分でおこなうほうがいい」

リーダーは銃の角度を水平よりさげた。わたしの膝を狙っている。

「撃つぞ」リーダーは言った。「考えたり話したり思い出したりするのに脚は要らない」

目撃者はいない。

ほかに手がないのなら、話すしかない。

わたしは尋ねた。「なぜほしがる？」

「何を？」

「わかっているだろうに」

「国家の安全保障のためだ」

「攻撃のためか、それとも防衛のためか？」

「もちろん防衛のためだ。あれはわが国の威信を損なう。何年も後戻りしてしまう」

「そうか？」

「自明だ」

わたしは言った。「その知能を今後も活用してくれ」

リーダーは銃の狙いを定めた。わたしの左のすねに。

そして言った。「三つ数える」

わたしは言った。「うまく数えられるといいな。途中で詰まったら言ってくれ」

リーダーは言った。「ひとつ」

そのとき――すぐ横の道床で、レールが空気の漏れるような音を立てる。トンネルの奥を走る列車に先立って、独特の金属音の組み合わせが高速で近づいてくる。金属音のあとを、熱い空気の塊ともっと低く重々しい音が追いかけている。トンネルのカーブの壁がヘッドライトで照らされた。ゆうに一秒ほどは何も起こらない。つぎの瞬間、列車が視界に飛びこみ、車体を傾けてカーブの勾配を突き進んでくる。そして揺れながら直線状に戻り、高速で駅に進入すると、ブレーキをかけ、うなったりきしんだりしながら減速し、われわれの真横に停車した。明るく輝くステンレス鋼とまばゆい光が連なり、耳障りな音を響かせる。

アップタウン行きのR系統の地下鉄だ。

車両の数は十五ほどで、それぞれにひと握りの乗客がまばらに乗っている。目撃者だ。

リーダーの捜査官に視線を戻した。グロックは上着の下に戻されている。

われわれが立っているのはホームの北端だ。R系統は旧型の車両を使っている。各車両の左右にはドアが四組ずつある。われわれの真横に先頭車両が停まっている。わたしは一番目のドアのほぼ正面にいる。国防総省の男たちは三番目と四番目のドアのほうが近い。

列車の端から端まで、ドアがいっせいに開いた。

ずっと離れた後尾車両からふたりがおりた。遠ざかり、見えなくなる。

ドアは開いたままだ。

わたしは列車のほうに向き直った。

国防総省の男たちも列車のほうに向き直った。

わたしは進み出た。

男たちも進み出た。

わたしは足を止めた。

男たちも足を止めた。

選択肢——わたしが一番目のドアから乗りこめば、この男たちは三番目と四番目のドアから乗りこむだろう。同じ車両に。ひと晩中いっしょに乗っていることになるかもしれない。あるいは、わたしが列車に乗らずに見送ったら、最短でもさらに二十分、引きつづきこのホームで身動きがとれない状況に置かれる。

ドアは開いたままだ。

わたしは進み出た。

男たちも進み出た。

わたしは車両に乗りこんだ。

男たちも車両に乗りこんだ。

一拍置いて、わたしは車両から出た。ホームに戻る。

男たちも車両から出た。

われわれはみな、身じろぎせずに立った。

目の前でドアが閉まる。最後の幕がおりるかのように。ゴムのクッション材が鈍い音を立てて合わさる。

電気が供給される気配を感じた。大量のボルトとアンペアが要求されている。モーターが回転してうなりはじめる。五百トンの鋼鉄が動きだす。

R系統は旧型の車両を使っている。踏み板と雨樋《あまどい》を備えている。わたしは頭をかがめて進み出ると、指を雨樋に引っかけ、右のつま先を踏み板に押しこんだ。つづいて左のつま先も。金属とガラスに体を押しつける。ゆるく曲がった車両外側にヒトデよろしくへばりついた。MP5が胸に食いこむ。それでも指とつま先でしがみついた。

列車が進む。微風《そよかぜ》に体を引っ張られる。トンネルの硬いへりがまっすぐに迫ってくる。息を止め、両手足の幅を広げて頭をさげ、ガラスに頰を押しつけた。列車がわたしを横向きにトンネルの中へ引きこんでいく。余裕は十五センチほどしかない。固定した肘の向こうに視線を戻すと、ホームに残されたリーダーの捜査官が片方の手で髪を掻きむしり、もう片方の手でグロックを構えながらも、じきにまたおろすさまが見えた。

76

乗り心地は悪夢だった。とてつもない速度、うなる闇、耳をつんざく音、突っこんでくる見えない障害物、身体《からだ》に加えられる激しい暴力。列車全体が縦に横に揺れまくっている。レールの伸縮継目を車輪が越えるたび、振り落とされそうになる。幅の狭い雨樋に八本の指を食いこませ、親指の付け根を上に、つま先を下に押しつけて、必死にしがみついた。風が服を引き剝がそうとする。ドアが揺れてがたつく。削岩機のように頭が打ちつけられる。

そんなふうに九ブロックも乗っていた。ようやく二十三番ストリート駅に着き、列車は強くブレーキをかけた。わたしは進行方向にほうり出されそうになり、左手を握り締めて右足を踏ん張った。しがみついたまま、駅のまぶしい明かりの中へ時速五十キロで横向きに運ばれていった。ホームがすさまじい速さで流れる。わたしがカサガイのようにへばりついている先頭車両は、ホームの北端で停車した。体を反らせると、ドアが目の前で開いた。中に乗りこみ、いちばん近くのシートに崩れるようにすわった。九ブロック。一分程度だろう。それでも、地下鉄サーフィンは二度とやりたくない。

車両には乗客がほかに三人いた。だれもわたしに見向きもしない。ドアが閉まった。列車は動きだした。

ヘラルド・スクエア駅でおりた。三十四番ストリートとブロードウェイと六番アヴェニューがここで交わっている。時刻は午前三時五十分。まだ間に合う。地下鉄にしがみついたユニオン・スクエア駅から距離にして二十ブロック、時間にして四分ほどのところにいる。国防総省が組織をあげて妨害するには遠すぎるし、早すぎる。地上に出て、〈メイシーズ〉の立派な外壁に沿って東から西へ歩いた。それから七番アヴェニューを南に進み、ライラ・ホスが選んだホテルの玄関まで歩きつづけた。

フロントデスクの向こうに例の夜間ポーターがいた。上着のファスナーはさげなかった。そうするまでもないだろう。そのまま歩み寄り、身を乗り出して耳を平手打ちした。ポーターが椅子から転がり落ちる。フロントデスクを跳び越え、喉もとをつかんで引っ張りあげた。

そして言った。「部屋番号を教えろ」

ポーターは教えた。部屋は五つ、隣り合ってなく、すべて八階にある。女たちが泊まっている部屋を聞き出した。男たちはほかの四部屋に分散している。もともとは十三人いて、使えるベッドは八つ。貧乏くじを引いたのが五人。

つまり、歩哨《ほしょう》に立っているのが五人。

ポケットから黒のダクトテープを取り出し、八メートルほどを使ってポーターの手足を縛りあげた。どこの金物店でも一ドル半も出せば買えるが、千ドルのライフルや衛星通信やナビゲーションシステムに劣らぬほど重要な特殊部隊の標準装備だ。最後に二十センチほど切りとってポーターの口に貼った。カードキーを螺旋状のコードから無造作に引きちぎって奪う。それからフロントデスクの向こうの床にポーターを転がして隠し、エレベーターへ向かった。中に乗りこみ、最上階の十一階のボタンを押す。ドアが閉まり、わたしを上へ運びはじめた。

そのときになって上着のファスナーをおろした。

ストラップで吊るした銃の角度を調整し、反対のポケットから革の手袋を出して左手にはめる。MP5SDにはフォアグリップがない。銃口の下に小さなハンドルがあるコンパクトなKシリーズとはちがう。SDシリーズは右手でピストルグリップを握り、左手で銃身のケーシングを支える。内部の銃身には三十個の穴が空けられている。弾薬の発射薬は燃焼するのでも爆発するのでもない。その両方をおこなう。つまり爆燃する。そして超高温のガスを膨張させる。ガスの一部はこの三十個の穴から抜け、音を抑えて弾速を亜音速にまで落とす。銃弾が音速を超えるとそれ自体が大きな音を出すので、いくら発射音を小さくしても意味はない。遅い銃弾が静かな銃弾だということだ。ちょうどＶａｌ消音狙撃銃と同じように。三十個の穴を抜けたガスは内側の空気室内で膨張、拡散する。そして外側の空気室内に流れこみ、さらに膨張、拡散する。気体は膨張すると温度がさがる。物理学の初歩だ。ただし、大きくはさがらない。超高温が極高温になる程度だろう。そして銃身のケーシングは金属製だ。そこで手袋の出番になる。手袋をはめずにＭＰ５ＳＤを使う者はいない。スプリングフィールドはよく気がまわる男のようだ。

銃の左側には、安全装置とセレクターを兼ねたレバーがある。わたしの記憶では、ＳＤシリーズの古いモデルはレバーの位置が三つあった。Ｓ、Ｅ、Ｆだ。Ｓは安全、Ｅは単射、Ｆは連射。ドイツ語の頭字だろう。Ｅは〝一〟を表すeinから来ているという具合に。ヘックラー＆コッホはイギリスの企業に買収されたこともあったが、伝統を重んじたらしい。もっとも、スプリングフィールドが届けてくれたのは新しいモデルだ。ＳＤ４。セレクターレバーの位置は四つある。頭字は使われていない。絵文字だけが記されている。外国人や、読み書きができない人のために。ただの白い点が安全、白い小さな銃弾の形が単射、三つの銃弾の形が三点バースト、いくつも連なる銃弾の形が連射だ。

わたしは三点バーストを選んだ。好みの撃ち方だ。引き金を一度引けば、九ミリ弾が四分の一秒足らずで三発発射される。どうしても銃身がある程度は跳ねあがるが、慎重な反動制御とサプレッサーの重量でそれは最低限に抑えられ、三つの致命傷が四センチほどの長さにわたって下から上へ小刻みにうがたれることになる。

恰好の武器だ。

弾薬は三十発。三点バーストを十回。標的は八人。ひとりにつき三点バーストを一回撃っても、緊急時にまだ二回撃てる。

エレベーターが十一階に着いて軽やかな音を鳴らした。はるか昔のコレンガルでおこなわれた作戦について、ライラ・ホスの言っていた台詞が頭の中に聞こえた。〝弾薬の最後の一発は自分のためにとっておかなければならない、なぜなら特に女に生け捕りにされるくらいなら死んだほうがましだから〟。

エレベーターから静かな廊下に出た。

どんな攻撃についても、標準的な戦術ドクトリンはこう教えている――高所から攻めろ、と。八階はここの三階下だ。おりる方法はふたつある――階段か、エレベーターか。階段のほうがいい。サプレッサー付きの銃を持っているときはなおさら。階段室には人を配置しておくのが賢明な防御戦術だ。向こうにとっては早期警戒ができる。わたしにとってはいいカモになる。静かに、悠々と始末できる。

階段室に通じる古びたドアはエレベーターシャフトの隣にある。静かにドアをあけ、下へ向かった。階段はコンクリート製で、埃《ほこり》っぽい。各階には緑色のペンキを使って大きな数字が手書きで記されている。九階までは静かなものだ。その先からも物音ひとつしない。立ち止まり、金属の手すりの向こうをのぞきこんだ。

階段室に歩哨はいない。

八階のドアの前にもだれもいない。これは残念だった。ドアの向こうでの仕事が二五パーセントむずかしくなる。廊下には四人ではなく五人いる。そして部屋の配置からして、五人は左右に分かれている。三人とふたり、あるいはふたりと三人の組み合わせで。反撃の危険があるほうに背中を向けてしまったら、貴重な一秒を費やしたうえで、命懸けで振り返ることになる。

たやすくはない。

とはいえ、いまは午前四時だ。最も能力が低くなる。万国共通の真実。ソ連は医者に研究させていた。

ドアの階段室側で足を止め、一度大きく息を吸った。そしてもう一度。手袋をはめた手でノブを握る。ＭＰ５の引き金を遊びがなくなるまで絞る。

ドアを引いた。

四十五度開き、足で押さえる。ＭＰ５の銃身を手袋で支える。目と耳を使う。物音は何もしない。目につくものもない。廊下に踏みこんだ。すばやく一方の側に体を向ける。そしてもう一方の側にも。

だれもいない。

歩哨も、護衛も、だれひとりとして。汚れて毛羽立ったカーペットを黄色い薄明かりが照らし、閉じたドアが一列に並んでいるだけだ。あるかなしかの街のざわめきと、はるか遠くでかすかに鳴るサイレンの音以外には何も聞こえない。

後ろ手に階段室のドアを閉めた。

番号を確かめながらライラの部屋のドアまで早足で歩いた。隙間に耳をあて、聴覚に神経を集中する。

何も聞こえない。

待った。ゆうに五分。十分。物音はしない。わたしより長く、身じろぎせずに静かにしていられる人間はいない。

ポーターのカードキーをスロットに差しこんだ。小さなライトが赤く光る。そして緑に変わる。カチャリという音がした。ノブを押しさげ、一瞬で中に踏みこんだ。

部屋は無人だ。

バスルームも。

直前までだれかいた形跡がある。トイレットペーパーはゆるみ、切り口がそろっていない。シンクは濡れている。タオルは使用済みだ。ベッドは皺が寄っている。椅子は定位置からずれている。

ほかの四つの部屋も確かめた。どれも無人だ。どれも放棄されている。何も残されていない。すぐに戻ってくる兆しはない。

ライラ・ホスは先手を打った。

ジャック・リーチャーは後手にまわった。

手袋をはずしてファスナーをまた閉め、エレベーターでロビーへ行った。夜間ポーターを引き起こしてフロントデスクの裏側に寄りかからせ、口からダクトテープを剝がした。

ポーターは言った。「もう殴らないでくれ」

わたしは言った。「殴るべきでない理由があるのか？」

「おれのせいじゃない」ポーターは言った。「おれはほんとうのことを言った。あんたはあいつらに用意した部屋の番号を尋ねた。いまもあいつらが部屋にいるかは尋ねていない」

「いつ出ていった？」

「あんたが最初に来てから十分くらいあとだ」

「電話を入れたのか？」

「仕方なかったんだ」

「どこへ行った？」

「見当もつかない」

「いくらもらった？」

「千ドル」ポーターは言った。

「悪くないな」

「ひと部屋につき」

「ばかげている」わたしは言った。確かにばかげている。それだけの金があれば、〈フォーシーズンズ〉に戻ることもできた。ただし、戻れなかった。そこが重要な点だ。


七番アヴェニューの歩道の物陰で足を止めた。ライラ・ホスたちはどこへ逃げたのか。だがまず問うべきは、ど、う、や、っ、て逃げたのか、だ。車ではない。来るときは十五人もいた。少なくとも車が三台は要る。そして夜間ポーターがひとりで働いている色褪せた古いホテルに、入出庫サービス付きの駐車場などあるわけがない。

タクシーは？　来るときは夜のミッドタウンでつかまえられるだろうから、ありうる。出るときは午前三時の七番アヴェニューでつかまえられるだろうか。八人が乗るには少なくとも空車が同時に二台は要る。

ありそうにない。

地下鉄は？　ありうる。いや、ありそうだ。徒歩一ブロック以内に三つの路線が走っている。夜間ダイヤだからホームで最長二十分待たなければならないが、アップタウンにもダウンタウンにも脱出できる。だがどこへ？　おりてから長く歩かなければならない場所ではない。八人が連れ立って歩道を大急ぎで進んでいたら、ひどく目立つ。街には六百人の捜査官が繰り出している。わたしの知っているホテルでほかに唯一の候補となるのは八番アヴェニュー線のさらにずっと西にある。歩いて十五分以上はかかるだろう。発見される危険が大きすぎる。

それなら、地下鉄を使うにしても、どこへ行ったのか。

ニューヨーク市。広さはおよそ七百八十平方キロメートル。所番地の数は八百万。その場に立ったまま、候補を機械のように選《え》り分《わ》けた。

思いつかない。

だがそこで、顔がほころんだ。

おしゃべりだな、ライラ。

頭の中にライラ・ホスの声がまた聞こえた。〈フォーシーズンズ〉の喫茶店で会ったときの。昔のアフガニスタンの戦士について話していた。偽りの立場から冷評していた。実際には、同胞を自慢していたのであり、赤軍に実りのない局地戦を延々と強いたことを自慢していた。こんな台詞で――〝ムジャヒディーンは頭が切れました。放棄されたと見なした陣地に戻ってくることがよくありました〟。

ヘラルド・スクエア駅に戻ることにした。R系統の地下鉄に乗るために。それに乗れば五番アヴェニュー－五十九番ストリート駅でおりられる。そこから五十八番ストリートの古いビルまでは歩いてすぐだ。

77

五十八番ストリートの古いビルはどれも暗く静まり返っていた。時刻は午前四時三十分、このあたりでは十時にならなければほとんどの店が開かない。わたしは五十メートル離れたところから観察していた。マディソン・アヴェニューをはさんだ歩道の、陰になった玄関口から。呼び鈴がひとつだけあるドアにバリケードテープが張られている。三棟のビルの左側だ。一階には廃業したレストランがある。

窓に明かりは灯っていない。

動きは何も見られない。

バリケードテープは無傷のように見える。当然、ニューヨーク市警の正式な封印がほどこされているだろう。鍵穴の高さに合わせて、ドアと枠の隙間に貼りつける小さな四角い紙のことだ。おそらくそれも破られずに残っている。

となれば、裏口がある。

建物内にレストランがあるので、その可能性は高い。レストランはあらゆるたぐいの不快なごみを出す。一日中。におうし、ネズミが寄ってくる。歩道に積みあげるわけにはいかない。裏口の外に置いた密封できるごみ箱に入れ、夜間の収集の際に路肩に出すほうがいい。

広い視界を得るために二十メートル南に移動した。屋外に路地は見当たらない。ビルは三棟とも密接して道路沿いに建てられている。バリケードテープの張られたドアの横には、かつてのレストランの窓がある。だがその横にドアがもうひとつある。建築上は、レストランのはいったビルに隣接するビルの一部だ。並んで建つビルの一階に設けられている。しかし、それは飾り気がなく、黒く、なんの標示もなく、少し傷がつき、踏み段はなく、通常のドアよりずっと幅が広い。外側にノブもない。鍵穴があるだけだ。鍵がなければ内側からしかあけられない。賭けてもいいが、この先は屋根付きの路地になっている。レストランの隣のビルは、一階は横方向に部屋がふたつ並び、それより上階は三つ並んでいるはずだ。二階は空間に余裕がない。しかし、その下の一階は裏口に通じる通路があり、目立たないように建物に組みこまれている。マンハッタンでは空中権にも大金が支払われる。市は左右だけでなく上下にもみずからを切り売りしている。

陰になった玄関口に戻った。頭の中で時間を計算する。ライラの手下がわたしをとらえるはずだった時刻から四十四分が経っている。手下から任務完了の連絡があるとライラが見こんでいた時刻からはおよそ三十四分。事が順調に運ばなかったことをライラがようやく認めた時刻からはおよそ二十四分。ライラがわたしに電話をかけようかと思いはじめた時刻からはおよそ十四分。

ライラ、おまえはおしゃべりだ。

闇の中、建物に貼りついて待った。前方には人影がまったくない。たまにマディソン・アヴェニューを自家用車やタクシーが通るだけだ。五十八番ストリートの車通りは完全に絶えている。歩行者はどこにも見当たらない。犬を散歩させている人も、パーティーを終えて千鳥足で帰る人もいない。ごみの収集は終わっている。ベーグルの配達はまだはじまっていない。

夜のまっただ中。

眠らない街も、少なくともくつろいでひと休みしている。

わたしは待った。

三分後、電話がポケットの中で振動をはじめた。

レストランのはいったビルに視線を向けたまま、電話を開いた。耳にあてて言う。

「なんだ」

ライラ・ホスが尋ねた。「何があった？」

「おまえは来なかった」

「来るとでも思っていたのかしら」

「その可能性はあまり考慮しなかったな」

「わたしの仲間はどうなった？」

「お上につかまったよ」

「まだ取引はできる」

「どうやって？　これ以上仲間を失う余裕はないだろうに」

「何か手はある」

「いいだろう。だが、これで値上がりしたぞ」

「いくら？」

「七万五千」

「いまどこにいる？」

「おまえの家の真ん前だ」

間がある。

窓際で動きがある。四階、ふたつ並んだ窓の左側。部屋は暗い。かすかな影のようで、五十メートル離れていてはろくに見えない。カーテンの揺れかもしれない。

白いシャツかもしれない。

想像の産物かもしれない。

ライラ・ホスは言った。「いいえ、わたしの家の前にはいないわね」

だが、自信がなさげだ。

ライラ・ホスは言った。「どこで落ち合う？」

わたしは言った。「それを決めてどうなる？　どうせおまえは来ない」

「だれかを行かせる」

「そんな余裕はないはずだ。おまえの手下の男はもう六人しかいない」

ライラ・ホスは何か言いかけてやめた。

わたしは言った。「タイムズスクエア」

「わかった」

「あすの午前十時」

「どうして？」

「まわりに人がいたほうがいいからだ」

「遅すぎる」

「なぜ？」

「いまほしい」

「あすの十時だ。いやならあきらめろ」

ライラ・ホスは言った。「電話を切らずに待っていて」

「なぜ？」

「金を数えないといけない。七万五千ドルもあるかどうかを確かめるために」

わたしは上着のファスナーをおろした。

手袋をはめる。

ライラ・ホスの息遣いが聞こえる。

五十メートル先で、裏口のドアがあいた。屋根付きの路地の。男がひとり出てくる。小柄で、黒っぽく、痩せている。そして警戒している。左右の歩道の様子を確かめ、通りの反対側に目を凝らしている。

わたしは電話をポケットにしまった。開いたまま。つながったまま。

MP5を掲げる。

サブマシンガンは近距離戦闘用に開発されたが、その多くは中距離までならライフル並みの命中精度を誇る。H&Kは少なくとも百メートルまでならまちがいなく信頼できる。わたしのそれはアイアンサイトを備えている。セレクターレバーを単射に切り替え、銃身前方のフロントサイトを男の体の中心に合わせた。

五十メートル先で、男が路肩に出てくる。右、左、前に視線を走らせている。わたしの視界と同じで、男の視界にも目を引くものはない。涼しい空気の中に夜の靄が漂っているだけだ。

男が裏口に戻る。

タクシーが一台、わたしの前を走り過ぎる。

五十メートル先で、男がドアを押す。

男の運動量がすべて前へ向かうまで待った。それから引き金を引き、男の背中を撃った。命中。遅い銃弾。知覚できるほどの間がある。発射から着弾まで。ＭＰ５Ｄは無音だと宣伝されている。実際にはちがう。音はある。映画で聞くようなささやかで控えめな音よりもうるさい。だが、一メートルの高さから電話帳をテーブルに落としたときの音よりはましだ。どんな環境でも聞きとれるが、街では耳につくほどではない。

五十メートル先で、男がつんのめって倒れる。胴体は路地に、脚は歩道に横たわる。念のためにもう一発撃ちこんでから、銃を放してストラップで吊り、ポケットから電話をまた出した。

そして言った。「つながっているか？」

ライラ・ホスは言った。「まだ数えている」

ひとり減ったぞ、と思った。

上着のファスナーを閉めた。歩きはじめる。マディソン・アヴェニューのこちら側に貼りつくようにして、五十八番ストリートの数メートル先へ行った。そしてマディソン・アヴェニューを渡り、角をまわりながらビルの正面に肩を押しつける。ライラ・ホスの視線より下にいなければならない。ひとつ目の古いビルの前を過ぎた。ふたつ目のビルの前も。

ライラ・ホスの十二メートルほど下から言った。「もう切る。疲れた。あすの午前十時にタイムズスクエアだ。いいな？」

わたしの十二メートルほど上からライラ・ホスが言った。「わかった。だれかを行かせる」

わたしは通話を切り、電話をポケットに戻すと、死んだ男を路地の中へ引きずった。中からドアをゆっくりと静かに閉めた。

78

　路地には明かりがあった。薄暗い電球がひとつ、汚れたバルクヘッドランプの中で光っている。死んだ男の顔には見覚えがある。スプリングフィールドが届けた国土安全保障省の紙ばさみの中に写真があった。もともと十九人いた男たちの、七番目だ。名前は覚えていない。奥までその男を引きずった。床は古びたコンクリート製で、すり減って光沢を帯びている。男の体を探った。ポケットには何もはいっていない。身分証も。武器も。日に焼けて埃まみれの、古すぎてまったくにおわなくなっている車輪付きの小さなごみ容器の脇に死体を置いた。

　それから建物内に通じる内扉を見つけ、上着のファスナーをおろして待った。戻ってこない仲間を心配しはじめるまでどれくらいかかるだろうか。おそらく五分以内。捜索隊の人数は何人だろうか。おそらくひとりだけだが、もっと多いことを願った。

　ライラ・ホスたちは七分待ってからふたりを送りこんだ。内扉があき、ひとり目が出てくる。スプリングフィールドのリストでは十四番目。ひとり目が路地のドアのほうへ一歩進むと、ふたり目がつづいて出てきた。スプリングフィールドのリストでは八番目。

そして三つのことが起こった。

一、ひとり目が足を止めた。路地のドアが閉まっているのを見て。これは筋が通らない。このドアは鍵がなければ外からはあけられない。だから最初の偵察員は歩道を調べるあいだ、ドアをあけたままにしておいたはずだ。それなのに閉まっている。ということは、最初の偵察員はすでに中に戻っている。

ひとり目は振り返った。

二、ふたり目も振り返った。静かに、確実に内扉を閉めるために。わたしはそれをやらせておいた。

そこでふたり目は視線をあげ、わたしに気づいた。

ひとり目もわたしに気づいた。

三、わたしはふたりを撃った。三点バーストが二回、一回につきくぐもった短い連射音が四分の一秒ずつ響く。狙ったのは喉で、銃口が顎のほうへ跳ねあがるのに任せた。ふたりとも小柄だ。首は細く、動脈と脊髄が大部分を占めている。的として申しぶんない。屋根付きの路地は屋外よりも銃声がずっと響く。心配になるほどに。しかし、内扉は閉まっている。しかも、頑丈な一枚板でできている。いつかの所有者が空中権を売るまでは、これが外扉だったはずだ。

ふたりは倒れた。

空薬莢がコンクリートの上を転がっていく。

わたしは待った。

すぐに反応はない。

八発撃った。残弾は二十二発。七人が逮捕、三人が死亡、三人がまだ歩いたりしゃべったりしている。

加えて、肝心のホス親子がいる。

新たに死んだ男たちの体を探った。身分証はない。武器も。鍵もないということは、内扉は施錠されていない。

新たなふたつの死体を最初の死体の隣に並べ、ごみ容器の陰に隠した。

そして待った。内扉から出てくる者がまだいるとは考えにくい。かつて北西辺境州で戦ったイギリス人たちは、救出部隊を送りこむ愚にいずれは気づいただろう。赤軍も気づいただろう。ホス親子はそういう歴史を知っているだろう。いや、知っているにちがいない。スヴェトラーナはその生き証人なのだから。

わたしは待った。

ポケットの中で電話が振動した。

電話を取り出し、外側の画面を見た。番号非通知。ライラだ。無視した。もう話すことはない。電話をポケットに戻す。振動がやむ。

手袋をはめた指を内扉のノブに掛けた。ゆっくりとさげる。ラッチが引っこむ感触がある。わたしはかなり落ち着いていた。三人が出ていったきりになっている。もしかしたらだれかひとりが戻ってくるかもしれない。あるいは三人全員が。中で目を光らせて待っている者がいたとしても、相手を識別して味方か敵かを判断するために一瞬ためらい、それが命とりになる。メジャーリーグの打者がストレートとカーブを見分けるときのように。五分の一秒以上はかかるだろう。

だが、わたしにためらいはない。目に映る者すべてが敵だ。

例外なく。

内扉をあけた。

だれもいない。

目の前の部屋は無人だった。廃業したレストランのキッチンだ。暗く、設備は撤去してある。古い戸棚やカウンターには何かが置かれていたあとがあるが、ここにあったキッチン用品はバワリーあたりのリサイクルショップに売り払われたのかもしれない。壁には水道管が組みこまれ、ここにはかつては蛇口が取りつけてあったのだろう。天井からはフックが吊られ、ここにはソースパンがぶらさがっていたにちがいない。部屋の中央に大きな石のテーブルがある。冷たく、なめらかで、何年も使われてわずかにくぼんでいる。かつてはペストリーの生地がここで捏《こ》ねられていたのかもしれない。

もっと最近では、ピーター・モリーナがこの上で殺害された。

ＤＶＤに映っていたテーブルはこれだと見てまちがいない。絶対に。カメラが据えられていた位置もわかる。照明の置かれていた位置もわかる。ピーターの手首と足首をテーブルの脚に縛りつけていた、ほつれたロープの結び目も目に浮かぶ。

ポケットの中で電話が振動した。

無視した。

先へ進んだ。

ダイニングホールに通じるスイングドアがふたつある。一方は入口専用、もう一方は出口専用。レストランではよくある決まりだ。こうすれば鉢合わせを避けられる。どちらのドアにも、五十年前の平均身長の目の高さに小窓が設けられている。頭をかがめて向こうをのぞきこんだ。大きな四角い部屋で、だれもいない。見捨てられた椅子が一脚置かれているだけだ。床は埃とネズミの糞に覆われている。薄汚れた大きな窓から街灯の黄色い明かりが差しこんでいる。

出口専用のドアを足で押した。蝶番が少しきしんだが、無事に開いた。ダイニングホールに踏みこむ。左を向き、さらに左を向いた。トイレのある廊下が裏口方向に延びている。ふたつのドアに〝女子〟と〝男子〟の表記がある。真鍮の案内板に単語がごていねいに記されている。絵文字、つまりスカートあるいはズボン姿の棒線画は使われていない。

ほかには、側面の壁にひとつずつドアがある。真鍮の案内板には〝従業員用〟とある。ひとつはキッチンに戻るドアだ。もうひとつは階段室と上階に通じるドアだろう。

ポケットの中で電話が振動した。

無視した。

どんな攻撃についても、標準的な戦術ドクトリンはこう教えている――高所から攻めろ、と。あいにく無理だ。その選択肢はない。例のイスラエルのリストがまとめられたころ、イギリスの特殊空挺部隊《SAS》は屋根から上階の窓へ懸垂下降したり、屋根のタイルを破ったり、隣り合った屋根裏から屋根裏へ壁を爆破して直接移動したりする戦術を開発しつつあった。迅速で、劇的で、たいていは大成功を収めた。実行できればうまくいくだろう。だが実行できない。歩いて接近するしかない。

少なくとも当面は。

階段室のドアをあけた。七十五センチ×七十五センチほどの狭い一階のスペースに、ドアが弧を描く。真向かいには、目と鼻の先に、居住者用の入口に通じるドアがある。つまり呼び鈴をひとつだけ備えた、いまはバリケードテープが張られている外に面したドアに通じている。

小さなスペースから狭い階段が直接延びている。半分あがったところで折り返し、見えない二階へと至っている。

ポケットの中で電話が振動した。番号非通知。ポケットに戻す。振動がやむ。引っ張り出して確認した。

わたしは階段をのぼりはじめた。

79

折り返し階段の前半部分を最も安全にのぼる方法は、上を見ながら後ろ向きに歩き、その際は足を左右に大きく広げることだ。上を見ながら後ろ向きに歩くのは、上から妨害を受けたときにそちらを向いている必要があるからだ。足を左右に大きく広げるのは、階段がきしむときはたいてい中央がきしみ、端はめったにきしまないからだ。

そんなぎこちない歩き方で踊り場に着くと、横にずれて後半部分を前向きにのぼった。二階のスペースは一階のそれの倍ほどもあるが、やはり狭い。七十五センチ×百五十センチほどだ。部屋が左にひとつ、右にひとつ、正面にふたつある。ドアはどれも閉まっている。

わたしは身じろぎせずに立った。もしわたしがライラだったら、正面のふた部屋にひとりずつ手下を配置する。そして武器を構えて耳を澄ますように指示する。いつでもドアを勢いよくあけ、二本の火線を並んで放てるように指示する。そうなったらわたしは上か下に追いやられることになる。しかし、わたしはライラではないし、ライラもわたしではない。ライラがどのように手下を配置しているかは見当もつかない。ただし、人数が減れば残った手下をかなり近くに置きたがるだろう。それなら手下は二階ではなく三階にいる。布が揺れたように見えたのは四階の窓だからだ。

正確には、外からビルを見て四階の左側の窓だ。つまりライラの部屋は、中から見て右側にある。階によって間どりに大きなちがいがあるとは考えにくい。このビルは安っぽい実用重視の構造になっている。特別仕様は求められない。だから二階の右側の部屋を見ておくのは、二階上のライラの部屋を見ておくのと同じだ。様子が把握できる。

ＭＰ５の引き金を遊びがなくなるまで絞り、手袋をはめた指をドアのノブに掛けた。押しさげる。ラッチが引っこむ感触がある。

ドアをあけた。

無人の部屋だ。

というより、無人の半分解体されたワンルームのアパートメントだ。下のレストランのダイニングホールと奥行きは同じだが、幅は半分しかない。細長い空間になっている。建物裏手側のクローゼット、バスルーム、簡易キッチン、リビングルームからなる。ひと目で間どりはわかった。仕切り壁がすべて壊されて間柱だけになっていたからだ。バスルームの設備はすべて残っていて、肋骨《ろっこつ》や檻の鉄格子さながらに垂直に並んだ二インチ×二インチの間柱の向こうで剝《む》き出《だ》しになり、奇妙な見た目になっている。キッチンの設備は無傷だ。床板はマツ材だが、バスルームの床には端の欠けた古くさいモザイクタイルが、キッチンにはリノリウムのタイルが敷かれている。部屋全体に、害獣と腐食した漆喰《しっくい》のにおいが漂っている。通りを見おろす窓は煤煙《ばいえん》で黒ずんでいる。非常階段の下端がそこを斜めに横切っている。

足音を忍ばせて窓際へ行った。非常階段はありふれた構造だ。上階から狭い鉄製の階段が延び、窓の下の足場に至っている。足場の先には、重りで釣り合いをとって浮かんでいる部分があり、避難する人の重みが加わると下の歩道に落ちるようになっている。

窓はあげさげ窓だ。下の窓を上に滑らせて上の窓の内側に入れる構造になっている。上下の窓の合わさる部分が、真鍮の棒を受け金に差しこむだけの錠で施錠されている。下の窓には古い書類戸棚で使われるような真鍮の取っ手がある。取っ手は何度も塗り直してあるようだ。窓枠も。

錠をはずし、左右の取っ手に三本ずつ指を掛けて引きあげた。窓枠は三センチほど動いたが、そこでつかえた。力をさらに加える。消防署の地下室で檻を持ちあげようとしたとき並みに。窓枠は震えながら三センチ動いては左でつかえ、また三センチ動いては右でつかえるという具合で、終始抵抗した。下枠に肩をあてがい、脚を伸ばす。窓枠はさらに十五センチほど動いてから、完全に動かなくなった。後ろにさがると、夜の空気が流れこんできた。窓は五十センチほど開いている。

充分すぎるほどだ。

片方の脚を入れ、体をふたつに折ってくぐり、もう片方の脚を抜いた。

ポケットの中で電話が振動した。

無視した。

ゆっくりと静かに、一歩ずつ鉄製の階段をのぼる。半分ほどのぼると頭が三階の窓の下枠と同じ高さになり、正面側の部屋の窓がふたつとも見えた。

どちらもカーテンが閉じられている。煤煙で黒ずんだガラスの向こうに、黒ずんだ色の古い綿布が垂れている。室内に明かりは灯っていないように見える。物音もしない。動きは見てとれない。首をめぐらし、通りを見おろした。歩行者はいない。通りすがりの人も。車も走っていない。

さらに上へ行った。四階へ。結果は変わらない。汚れた窓ガラス、閉じたカーテン。外から見たときに動きがあった窓の下で長いあいだ待った。あるいは、そう思えた窓の下で。何の音もしないし、なんの気配もない。

五階にあがった。五階はちがった。カーテンはない。部屋は無人だ。床には染みができ、天井はたわんでいる。雨漏りだろう。

五階の窓は施錠されている。下で見たのと同じ、真鍮の棒を受け金に差しこむだけの錠だが、ガラスを割らないかぎりはどうにもできない。割れば音がする。いずれは音を立てることになるだろうが、まだだめだ。頃合いを見計らいたい。

ストラップを引いてMP5を背中にまわし、片足を窓枠に掛けた。伸びあがって頭上の崩れかけた出っ張りをつかむ。その上に体を引きあげる。鮮やかにはいかない。わたしは優雅に動ける体操選手からはほど遠い。息を切らしながらやり遂げると、雑草に覆われた屋根に腹這いになった。少しのあいだ横たわって息を整えてから、膝立ちになって跳ねあげ戸を探す。十二メートルほど後ろの、階段室の真上らしき場所にあった。ただの浅い木箱を上下逆さまにしたような代物で、鉛が張られ、片側に蝶番が付いている。おそらく下から掛け金と南京錠で施錠してある。南京錠は頑丈だろうが、掛け金は枠にネジで留めてあり、枠は年月と腐朽《ふきゅう》と雨水による傷みでもろくなっているはずだ。

勝負にならない。

どんな攻撃についても、標準的な戦術ドクトリンはこう教えている——高所から攻めろ、と。

80

跳ねあげ戸に張られた鉛は、フェルトを巻いたハンマーで周囲を叩いてまるくしてある。とがった角はない。蝶番の反対側のへりに手袋をはめた指を掛け、強く引いた。びくともしない。そこで本気を出した。二本の手、八本の指、曲げた膝、深呼吸。目を閉じる。ピーター・モリーナのことは考えたくなかった。代わりに、カーブルのタクシー運転手の脈をはかって死亡を確認した直後、ライラ・ホスがカメラに向けた狂気の笑みを思い浮かべた。

跳ねあげ戸を引きあげる。

まさにその瞬間、夜が明けはじめた。

掛け金のネジが戸か枠の一方から抜けることを期待していた。しかし、両方から抜けてしまった。掛け金が付いたままの南京錠が三メートル自由落下し、剥き出しの床板に叩きつけられる。太鼓の音を思わせる耳障りな大きい音が鳴った。低い音がはっきりと響き、直後に掛け金と六本のネジが落ちて小刻みな金属音を立てる。

よくない。

まったくもってよくない。

跳ねあげ戸をあけ放ち、屋根の上にうずくまって視覚と聴覚に神経を集中した。

一秒ほどは何も起こらない。

が、そこで下の四階からドアのあく音が聞こえた。

MP5を構えた。

さらに一秒ほどは何も起こらない。が、そこで階段の上に頭が出てきた。黒っぽい髪。男だ。銃を手にしている。床の南京錠に気づいたようだ。考えをめぐらしているのが見てとれる。南京錠、床、ネジ、垂直落下。男が上に目を凝らす。顔が見えた。スプリングフィールドのリストでは十一番目。男がわたしに気づく。上空の雲は街の明かりで照らし出されている。わたしは黒い影になって浮かびあがっているはずだ。男はためらった。わたしはためらわなかった。ほぼ真上から脳天を撃ち抜く。三点バーストを一回。三連射。くぐもった短い連射音。倒れた男の靴や手足が騒々しい音を立て、最後にさらに二度、重々しい音が響く。一度目は頭部の残骸が、二度目は銃が床板を打つ音だ。一秒ほど階段を注視してから、開いた跳ねあげ戸を抜け、宙を飛んで男の隣に足から着地した。また騒々しい音が鳴る。

隠密行動の段階は終わった。

十一発撃ち、残弾は十九発、四人が死亡、ふたりが健在。

加えて、ホス親子がいる。

ポケットの中で電話が振動した。

出ている暇はないんだ、ライラ。

男の銃を拾い、建物正面側の左の部屋に通じるドアをあけ、暗がりに潜んだ。壁に肩をあて、階段を見つめる。

だれもあがってこない。

膠着《こうちゃく》状態だ。

死んだ男から奪った銃はシグ・ザウエルP220で、太いサプレッサーが取りつけてある。スイス製。九ミリ・パラベラム弾が着脱式の箱形弾倉に九発。わたしが使っているのと同じ弾薬だ。弾薬を親指で押し出し、ポケットにばらで入れた。弾薬がなくなった銃を床に置く。それから廊下に戻り、正面側の右の部屋に踏みこんだ。家具はなく、無人だ。二階の間どりを思い出しながら、ワンルームのアパートメントの中をゆっくりと歩く。クローゼット、バスルーム、キッチン、リビングルーム。リビングルームの中央とおぼしき場所で、床を強く踏みつけた。だれかの部屋の天井は、別のだれかの部屋の床だ。ライラは真下で耳を澄ましていることだろう。その脳の奥深くにある爬虫類《はちゅうるい》脳まで動揺させたかった。何よりも強い恐怖、それは〝そこに何かがいる〟という恐怖だ。

もう一度踏みつける。

反応があった。

一メートル右側の床板を撃ち抜くという形で。銃弾は床板を裂いて穴を空け、頭上の天井にめりこみ、埃と煙の筋を宙に漂わせた。

銃声は聞こえない。向こうも全員がサプレッサーを使っているらしい。

同じ穴から真下に三連射を撃ち返した。それからキッチンがあるはずの場所へさがった。

十四発撃った。残弾は十六発。ポケットにばらで九発。

ふたたび床が撃ち抜かれる。二メートル離れたところを。撃ち返した。向こうも撃ち返す。わたしはもう一度撃ち返したが、移動のパターンを把握されつつあると判断し、廊下に忍び出て階段のおり口へ向かった。

そこで向こうもまったく同じように判断していたことがわかる――わたしにリズムをつかまれつつあると。男がひとり、静かに階段をあがってくる。スプリングフィールドのリストでは二番目。同じくシグ・ザウエルP220を持っている。サプレッサー付きの。男が先に気づいた。そして一発撃つが、はずした。わたしははずさなかった。鼻梁《びりよう》を狙って三連射を放つと、銃弾は額の真ん中まで駆けあがって血と脳を背後の壁に撒き散らし、男は倒れて階段の下に転がり落ちていった。

銃もろとも。

空薬莢がマツ材の上を転がる。

二十三発撃った。残弾は七発、ばらで九発。

ひとりが健在、肝心のホス親子もいる。

ポケットの中で電話が振動した。

駆け引きするにはもう遅いぞ、ライラ。

無視した。一階下でうずくまっている本人の姿を想像する。スヴェトラーナがそのそばにいる。最後の男が女たちとわたしのあいだにいる。男をどう使うつもりだろうか。ホス親子は愚かではない。長く厳しい伝統を受け継いでいる。二百年前から山岳地帯ですばやく逃れたり、縫うように進んだり、陽動をおこなったりしている。やることに抜かりはない。この階段から男を送りこもうとはしないだろう。二度はやらない。むだだから。わたしの背後にまわりこもうとするはずだ。つまり非常階段から男を送りこむ。電話でわたしの気をそらしているうちに、窓ガラスの向こうに男を行かせ、背中を撃たせる。

いつ？

ただちにやるか、ずっとあとでやるかのどちらかだ。中間はない。わたしの不意を突くか、油断させたいのだから。

ホス親子はただちにやるほうを選んだ。

ポケットの中で電話が振動した。

左の部屋に戻り、窓の外を確かめる。鉄製の階段はわたしから見て右から左へのぼっている。下から男の頭が出てくれば見える。それは好都合だ。だが、角度がよくない。前の通りは狭い。九ミリ・パラベラム弾は拳銃弾だ。拳銃弾は都市で使うのに向いているとされる。標的の体内にとどまり、貫通しない可能性がライフル弾よりずっと高い。亜音速のパラベラム弾ならなおさらだ。しかし、何事も確実ではない。通りの反対側には何の罪もない非戦闘員がいる。寝室の窓の向こうには子供が眠っている。標的に完璧に命中させても、弾がそこまで届いてしまうかもしれない。大きくそらしても、そこまで届いてしまうかもしれない。跳弾や破片もある。完全にはずしても、そこまで届いてしまうかもしれない。

付随的被害がいつ発生してもおかしくない。

室内を静かに横切り、窓際の壁に貼りついた。外を見る。何もない。腕を伸ばし、窓の錠をはずした。片手で取っ手を試す。窓は動かない。もう一度外を見た。何もない。窓の正面にまわり、取っ手を両手でつかんで引きあげた。窓は動き、つかえ、また動いたところで、一気にあがって窓枠に激しくぶつかり、ガラスの端から端までひびがはいった。

また壁に貼りつく。

耳をそばだてる。

ゴムの靴底が鉄にあたる鈍い音がかすかに聞こえる。小刻みなリズムで。急いでのぼっているが、走ってはいない。わたしは男が来るまで待った。階段をのぼり終えるまで待った。頭と肩を部屋の中に入れるまで待った。黒っぽい髪、黒っぽい肌。スプリングフィールドのリストでは十五番目。わたしは建物正面側の壁沿いに陣どっている。男が左を見る。右を見る。わたしに気づく。わたしは引き金を引いた。三連射。男が頭を動かした。

はずした。三発の銃弾の一発目か三発目が耳を引きちぎったが、男は生きていて意識もあり、やみくもに撃ち返してから上半身を引っこめた。狭い鉄製の足場に倒れこむ音が聞こえる。

いましかない。

追った。男は頭から先に階段を這ってくだっている。四階にたどり着き、仰向けになって銃を持ちあげたが、重さが五十キロもあるような手つきになっている。わたしは階段をおりて外壁から体を遠ざけ、三連射を男の顔の中心に撃ちこんだ。銃が男の手から離れ、二階下まで転がっていき、三メートル下の歩道に落ちる。

息を吸った。

息を吐いた。

六人が死亡。七人が逮捕。四人が帰国。ふたりが拘束されて入院中。

十九打数十九安打。

四階の窓があいている。カーテンがあけられている。ワンルームのアパートメント。住人はいないが、解体されてはいない。ライラ・ホスとスヴェトラーナ・ホスが簡易キッチンのカウンターの向こうに並んで立っている。

二十九発撃った。

残弾は一発。

頭の中にライラ・ホスの声がまた聞こえた。〝弾薬の最後の一発は自分のためにとっておかなければならない、なぜなら特に女に生け捕りにされるくらいなら死んだほうがましだから〟。

窓枠をまたぎ、部屋に足を踏み入れた。

81

二階の解体中の部屋と同じ間どりだ。建物正面側からリビングルーム、簡易キッチン、バスルームがあり、裏手側にクローゼットがある。壁はまだ残っている。漆喰も手つかずだ。明かりがふたつ灯っている。リビングルームの壁際に折りたたんだベッドがある。二脚の安っぽい椅子も。ほかには何もない。簡易キッチンにはふたつのカウンターが平行に設けられ、壁に戸棚が埋めこまれている。狭い空間だ。ライラとスヴェトラーナは寄り添うようにしてそこに体を押しこんでいる。スヴェトラーナが左で、ライラが右。スヴェトラーナは茶色のハウスドレスを着ている。ライラは黒のカーゴパンツに白のTシャツというでたちだ。シャツはコットン製。カーゴパンツはリップストップナイロン製。動けば衣擦《きぬず》れの音がするだろう。ライラは相変わらず美しい。長く黒っぽい髪、鮮やかな青の目、しみひとつない肌。かすかに浮かべた物問いたげな笑み。異様な光景だ。まるで前衛的なファッション写真家が、現実感のある都市のセットで最高のモデルにポーズをとらせたかのように。

MP5の狙いを定めた。黒く不吉な武器。熱い。発射薬と油と硝煙のにおいがする。はっきりと嗅ぎとれる。

わたしは言った。「カウンターに手を置け」

ふたりはしたがった。四本の手が出てくる。二本は褐色で節くれ立ち、二本はもっと色が薄くて細い。ヒトデのように指を広げた手の二本は太くて角張り、二本はもっと長くて華奢《きゃしゃ》だ。

わたしは言った。「手を突いたまま後ろにさがれ」

ふたりはしたがった。これで動きにくくなる。安全になる。

わたしは言った。「おまえたちは親子ではないな」

ライラが言った。「ええ、ちがう」

「それならどんな関係なんだ？」

「師弟よ」

「それはよかった。母親の目の前で娘を撃ち殺すのは気が進まなかったからな。娘の目の前で母親を撃ち殺すのも」

「教師の前で弟子を撃ち殺すのはかまわないの？」

「教師が先かもな」

「好きにすればいい」

わたしはそのまま立っていた。

ライラは言った。「本気なら、さっさとやりなさい」

わたしはふたりの手に注目していた。緊張、力、腱の動き、指先にこめられる圧に。逃げる兆候に。

そうした兆候はない。

ポケットの中で電話が振動した。

静まり返った部屋で、それは小さな音を立てた。ブーンという低い音が鳴っている。鼓動のように、小さく鳴ってはやむことを繰り返している。太腿に振動を伝えている。

わたしはライラの両手を見つめた。広げられている。動いていない。何も持っていない。電話も。

ライラは言った。「出たほうがいいのではなくて」

わたしはMP5を左手に持ち替え、電話を取り出した。番号非通知。電話を開き、耳にあてる。

セリーサ・リーが言った。「リーチャー？」

わたしは言った。「どうした？」

「いったいどこにいたの？　二十分も前からかけつづけているのに」

「忙しかったんだ」

「いまどこ？」

「どうやってこの番号を知った？」

「わたしの携帯電話にかけたでしょう？　着信履歴に番号が残っていたのよ」

「なぜきみの番号は非通知になった？」

「分署の交換台のせいね。固定電話でかけているから。いまどこにいるの？」

「何があった？」

「よく聞いて。悪い知らせがある。国土安全保障省から再度の連絡があった。タジキスタンからの一行のひとりが、イスタンブールで乗り継ぎ便を逃したらしい。それでロンドンを経由してワシントンＤＣから入国した。手下は十九人じゃない、二十人よ」

ライラ・ホスが動き、二十番目の男がバスルームから出てきた。

82

科学者は一ピコ秒単位で時間を計測している。一兆分の一秒だ。あらゆる事象はそれほどの短い時間内で起こりうるという。宇宙の誕生も、粒子の加速も、原子の分裂も。この場では、最初の数ピコ秒内にさまざまなことが起こった。まずわたしは、電話を開いたまま、つながったまま、落とした。それが肩の高さに来るころには、ライラとのやりとりが頭の中にけたたましく響いていた。何分か前、マディソン・アヴェニューで、この電話で話したときの。わたしは〝おまえの手下の男はもう六人しかいない〟と言った。ライラは答えかけてやめた。〝いいえ、まだ七人いる〟と言おうとしたのだろう。もっと前に〝そこはわたしの近くではない《ザット・ノット・クロース・トゥー・ミー》〟と言いかけたときのように。あのときは歯摩擦音を発音していた。だが今回は思いとどまった。学習して。ライラにしては珍しく、おしゃべりではなかったわけだ。

そしてわたしは、聞き流してしまった。

電話が腰の高さに来るころには、二十番目の男だけに意識を集中していた。これまでの四、五人とよく似ている。兄弟か従兄弟《いとこ》かもしれない。おそらくそうだろう。確かに見覚えがある。小柄で、筋張っていて、髪は黒っぽく、肌は皺が寄り、身ぶりは警戒心と闘争心の中間にある。黒っぽいニットのスウェットパンツを穿《は》いている。上も黒っぽいニットのスウェットシャツ。右利き。サプレッサー付きの拳銃を持っている。それが下から上へ長い弧を描く。水平に構えようとしている。引き金が絞られる。わたしの胸を撃とうとしている。

わたしはMP5を左手で持っている。弾倉は空だ。最後の一発はすでに薬室に給弾されている。この一発で決めなくてはならない。銃を持ち替えたかった。利き手でない手と利き目でない目を使って撃ちたくない。

だが、やむをえない。持ち替えるには半秒かかる。五千億ピコ秒かかる。長すぎる。男の腕はすでに水平になりかけている。電話が膝の高さに来るころには、わたしは右の手のひらをすばやくあげて銃身にあてようとしていた。体の向きを変え、背筋を伸ばし、グリップを胸に引き寄せながら。右の手のひらが止まって銃身を支え、左の人差し指がことさら静かに引き金を絞る。左でライラが動いている。カウンターの向こうから部屋に飛び出している。指が引き金を絞りきり、発射された最後の一発が二十番目の男の顔面に命中する。

電話が床に落ちた。南京錠と似た音を立てて。木材にものを落としたときの大きな音が響く。

最後の空薬莢が排出され、床の上を転がっていく。

二十番目の男がくずおれ、手足と頭と銃が床にぶつかるが、脳の基底部を撃ち抜かれたため、倒れ伏す前に死んでいる。

頭部への命中弾。左手で撃ったにしては悪くない。もっとも、狙ったのは体の中心だ。

ライラは動きつづけている。滑るように、舞いおりるように、頭を低くして。そして死んだ男の銃を拾って身を起こす。これもシグ・ザウエルＰ２２０で、これもサプレッサー付きだ。

スイス製。

着脱式の箱形弾倉に九発。

ライラがわれ先にこの銃を奪おうとしたということは、室内に銃はこれしかない。だとしたら、天井を撃ち抜いたときにこの銃から少なくとも三発は発射されている。

残弾は最大六発。

六対零。

ライラが銃をわたしに向ける。

わたしも銃をライラに向ける。

ライラは言った。「わたしのほうが速い」

わたしは言った。「そうか？」

ずっと左でスヴェトラーナが言う。「おまえの銃は弾切れだよ」

わたしはスヴェトラーナを一瞥した。「英語を話せるのか？」

「流暢《りゅうちょう》にね」

「上にいたときに再装塡している」

「でたらめだね。ここからでも見える。おまえは三点バーストに設定してる。でも、発射されたのは一発きりだった。だからさっきのが最後の弾だ」

三人ともその状態で立ったまま、長い時間が過ぎたように思われた。ライラが持つＰ２２０は微動だにしていない。わたしからは五メートルほど離れている。その背後では死んだ男が体液を床中に広げている。スヴェトラーナはキッチンにいる。あらゆるにおいが漂っている。あけた窓から風が吹きこんでくる。流入した空気が部屋中をめぐり、階段をのぼって屋根の穴から出ていく。

スヴェトラーナが言った。「銃をおろしな」

わたしは言った。「おまえたちはメモリースティックがほしいはずだ」

「おまえはそれを持ってない」

「だが、ありかは知っている」

「あたしたちだって知ってる」

わたしは何も言わなかった。

スヴェトラーナは言った。「おまえはそれを持ってないけど、ありかは知ってる。ほかの人間はつまりおまえは推理した。自分にしかない才能だとでも思ってるのかい。ほかの人間は推理ができないとでも思ってるのかい。あたしたちだって同じ事実を知ってるんだ。同じ結論を導ける」

わたしは何も言わなかった。

スヴェトラーナは言った。「ありかを知ってるとおまえから聞いてすぐに、あたしたちは頭を働かせた。おまえが煽《あお》ったんだよ。しゃべりすぎたね、リーチャー。おまえは自分から用済みの人間になった」

ライラが言った。「銃をおろしなさい。少しは潔くすることね。弾切れの銃を持ってばかみたいに突っ立っているのはやめたら」

わたしはそのまま立っていた。

ライラは腕を十度ほどさげ、わたしの足のあいだの床を撃った。左右の靴のつま先革を結んだ線の真ん中に命中させる。そう簡単にできることではない。射撃の名手のようだ。床板が飛び散り、わたしは少し後ろにさがった。シグのサプレッサーはH&

Kのそれよりも発射音がうるさい。電話帳を落とすのではなく、叩きつけるのに近い。銃弾の摩擦でマツ材が焦げ、ひと筋の煙が立ちのぼる。排出された空薬莢が真鍮色の弧を描き、軽い音を立てて転がる。

残弾は五発。

ライラは言った。「銃をおろしなさい」

わたしはストラップを首からはずした。銃のグリップを持って脇にさげる。もう役に立たない。重さ三キロほどの金属棍棒《こんぼう》にしかならない。棍棒が威力を発揮するほど、どちらかに接近できるとは思えない。接近できても、素手での殴り合いのほうがましだ。三キロほどの金属棍棒も悪くない。だが、百十キロあまりの人間棍棒のほうがいい。

スヴェトラーナが言った。「こっちに投げな。でも、慎重にやれ。あたしたちにぶつけたら、おまえは死ぬ」

わたしは銃をゆっくりと振って放した。銃は空中でゆるやかに回転し、銃口から下に落ちて跳ね、奥の壁にぶつかった。

スヴェトラーナは言った。「つぎは上着を脱げ」

ライラが銃をわたしの頭に向ける。

わたしはしたがった。体をよじって上着を脱ぎ、部屋の奥にほうる。MP5のそばに落ちた。スヴェトラーナがキッチンのカウンターの向こうから出てきて、ポケットの中身をあさった。ばらのパラベラム弾が九発と、使いかけのダクトテープが出てくる。スヴェトラーナは九発の弾薬をカウンターに立て、一直線に並べた。ダクトテープもその横に置く。

そして言った。「手袋も」

わたしはしたがった。口を使って手袋を脱ぎ、上着と同じ場所にほうる。

「靴と靴下も」

片足ずつ持ちあげながら、壁に寄りかかって体を支え、靴紐《くつひも》をほどいて靴を脱ぎ、靴下をおろした。順々に上着と手袋のほうへほうる。

ライラが言った。「シャツを脱ぎなさい」

わたしは言った。「おまえが脱ぐならわたしも脱ぐぞ」

ライラは腕を十度さげ、わたしの足のあいだの床をふたたび撃った。サプレッサーのくぐもった音、飛び散る床板、煙、空薬莢の落ちる乾いた音。

残弾は四発。

ライラは言った。「つぎは脚を撃つ」

スヴェトラーナが言った。「シャツだ」

そういうわけで、この五時間のうちに二度も女の求めでTシャツを脱ぐ羽目になった。壁に背中を寄せたまま、シャツを上手投げで服の山にほうる。ライラとスヴェトラーナの目がわたしのいくつもの古傷に引き寄せられる。お気に召したらしい。特に破片を浴びたときの傷が。ライラのピンク色の濡れた舌が唇のあいだから先をのぞかせる。

スヴェトラーナが言った。「つぎはズボンだ」

わたしはライラを見て言った。「おまえの銃はもう弾切れのはずだ」

ライラは言った。「ちがう。まだ四発ある。脚に二発、腕に二発撃てる」

スヴェトラーナが言った。「ズボンを脱ぎな」

わたしはボタンをはずした。ファスナーをおろした。硬いデニム生地を押しさげる。脚を抜く。壁に背中を寄せたまま、ズボンを服の山のほうに蹴った。スヴェトラーナが拾いあげる。ポケットを探る。キッチンのカウンターの、九発のばらの弾薬とダクトテープの横に、わたしの持ち物を積みあげていく。紙幣と少しばかりの小銭。期限切れのパスポート。ATMカード。メトロカード。セリーサ・リーのニューヨーク市警の名刺。ケース入りの歯ブラシ。

「たいしたものは持っていないね」スヴェトラーナは言った。

「必要なものはすべて持っている」わたしは言った。「必要でないものは何も持っていない」

「ただの貧乏人のくせに」

「いや、わたしは裕福な人間さ。必要なものをすべて持っているのが豊かさの定義だ」

「なら、アメリカンドリームがかなったね。裕福のうちに死ねる」

「だれにでもその機会はある」

「あたしたちの故郷の人々だってもっと物持ちだ」

「山羊は好きじゃないんだ」

部屋が静まり返る。湿気と冷気を感じる。わたしは真新しい白のボクサーパンツ一枚で立っている。ライラが持つP220は微動だにしていない。細い紐のような筋肉が腕に盛りあがっている。バスルームのそばでは死んだ男が体液を広げつづけている。窓の外では、朝の五時を迎えた街が動きだしている。

スヴェトラーナが忙しく動きまわり、わたしの銃や靴や服を小さな塊にまとめ、キッチンのカウンターの向こうに投げこんだ。二脚の安っぽい椅子もそちらへ持っていく。わたしの電話を手に取って電源を切り、投げ捨てる。ものをどかして空間を確保しようとしている。リビングルームは六メートル×三メートル半ほどの広さだ。わたしは長いほうの壁の中央に背中を寄せている。ライラが距離を保って銃を向けながらわたしの前を横切る。奥の隅の窓際で足を止めた。斜め前からこちらに体を向ける位置だ。

スヴェトラーナがキッチンへ行った。抽斗をあける音が聞こえる。閉める音も。そして戻ってくる。

ナイフを二本持って。

長い肉切りナイフだ。はらわたを抜いたり、肉を切り身にしたり、骨をはずしたりするための。黒い柄。鋼鉄製の刃。ごく薄い物騒な刃先。スヴェトラーナはその一本をライラに投げた。ライラが空いているほうの手で器用に柄をつかむ。スヴェトラーナは反対側の隅へ行った。三人が三角形を作っている。ライラはわたしから見て左四十五度、スヴェトラーナは右四十五度の位置にいる。

ライラが上体をひねり、P220のサプレッサーを建物正面側の壁と横側の壁の角に押しあてた。グリップの底にあるマガジン・キャッチを親指で探る。抜けた弾倉が隅の床に落ちる。弾倉の側面には隙間があり、三発残っているのがわかる。つまり一発は薬室内にある。ライラは銃本体を反対側の隅のスヴェトラーナの背後に投げた。銃と弾倉はこれで六メートル離れたことになり、一方がひとりの女の後ろに、もう一方がもうひとりの女の後ろにある。

「宝探しのようなものよ」ライラが言った。「この銃は弾倉を入れていないと発砲できない。薬室に弾薬を誤って残していた場合に、暴発を防ぐようになっている。スイス人はとても用心深いのね。だからあなたは銃を拾ってから弾倉を拾う必要がある。逆でもかまわないけれど。もちろん、その前にわたしたちの脇を抜ける必要がある」

わたしは何も言わなかった。

ライラは言った。「傷だらけになって必死に突っこみ、万一成功したら、最初の一発は自分に使うことをおすすめするわ」

それからライラは微笑み、一歩進み出た。スヴェトラーナも同じようにする。ふたりともナイフを低く構え、親指を上に、ほかの指を下にして柄を握っている。路上での喧嘩のように。手練れのように。

長い刃が光に瞬く。

わたしはそのまま立っていた。

ライラは言った。「あなたには想像もできないほど、楽しませてもらうつもりよ」

わたしは何もしなかった。

ライラは言った。「じらしてかまわないわ。期待が高まるから」

わたしはそのまま立っていた。

ライラは言った。「でも待つのに飽きたら、こちらから行く」

わたしは何も言わなかった。そのまま立っていた。

つぎの瞬間、後ろに手をまわし、腰にダクトテープで貼りつけておいたベンチメイド３３００を引き抜いた。

83

親指でスイッチを押すと、軽くも重くもない音を立てて刃が飛び出た。静かな部屋では大きな音だ。不吉な音でもある。わたしはナイフが好きではない。昔から。使いこなす才能はないと言っていい。

だが、自己保存本能なら人並みにある。

たいていの人より強いかもしれない。

そして五歳のころからいまに至るまで喧嘩を重ね、惨敗を喫したことは一度もない。わたしは観察して学習する人間でもある。ナイフを用いた喧嘩は世界中で見てきた。極東で、ヨーロッパで、アメリカ南部の陸軍基地を囲む不毛の低木地で、街中で、路地で、バーやビリヤードホールの外で。

第一の鉄則――早々に切られるな。出血ほどすみやかに体力を奪うものはない。

スヴェトラーナはわたしより三十センチ以上背が低く、かなり太っていて、腕も似たようなものだ。ライラはもっと背が高く、もっと手足がしなやかで、もっと優雅だ。しかし、向こうの刃渡りがわたしのそれより十五センチも長いという点を考慮しても、こちらのほうが総じて有利だろう。

加えて、わたしはたったいま流れを変えたばかりで、向こうは意外な展開に対応しようとしているさなかだ。

加えて、向こうは楽しむために戦うが、わたしは生きるために戦う。

キッチンに行きたかったので、その前に立ちはだかるスヴェトラーナへ軽やかな足どりで近づいた。スヴェトラーナはつま先立ちでナイフを膝の高さに持ち、左へ右へフェイントをかけている。わたしもそれに合わせてナイフを低く保った。スヴェトラーナがナイフを振る。わたしは体を反らした。太腿を刃がかすめる。わたしは腰を落として前のめりになり、左のフックを上から叩きこんだ。こぶしはスヴェトラーナの眉毛をかすめ、鼻の横をまともにとらえた。

スヴェトラーナは驚愕《きょうがく》した様子だ。ナイフで戦う者の例に漏れず、使うのは鋼鉄だけだと思っていたのだろう。人には手が二本あることを忘れている。

スヴェトラーナはかかとを床に着けてよろめきながら後退し、ライラが左から迫ってきた。低く構えた刃をすばやく繰り出している。口を開き、醜い渋面を作っている。一心に集中している。理解したようだ。これがもはやゲームではないことを。もはや遊びではないことを。姿勢を低くして近づいては離れ、フェイントをかけ、間合いをはずし、つねに動いている。しばらくは三人でそんなダンスをつづけた。目を血走らせ、息を切らし、いきなりすばやく動く。埃と汗と恐怖が宙を漂う。ふたりの目はわたしの刃に注がれ、わたしの目はふたりの刃のあいだをひっきりなしに往復する。

スヴェトラーナが前進する。後退する。ライラがつま先立ちでバランスをとりながら近づく。わたしは腰を落として前かがみの姿勢を保つ。ナイフをライラの顔めがけて勢いよく振った。ことさら大きく。つい手が出たかのように。ボールを百メートル以上投げようとするかのように。ライラが体を引く。ライラはナイフがはずれるのを知っている。はずれるように動いたからだ。スヴェトラーナもナイフがはずれるのを知っている。ライラを信頼しているからだ。

わたしもナイフがはずれるのを知っている。あてるつもりはなかったからだ。すさまじい速さで進む手を途中で止め、力の向きを逆転させると、凶悪なバックハンドでスヴェトラーナを不意打ちした。ナイフが額を切り裂く。手応えあり。刃が骨にあたった感触がある。ひと房の髪が胸に落ちる。ベンチメイドは期待どおりの働きをした。D2スチール。十ドル札を一枚その上に落とせば、五ドルずつ二枚に崩せるという。スヴェトラーナの髪の生え際と眉毛の中間に十五センチの水平な創傷を負わせた。骨まで達する深手を。

スヴェトラーナは後ろによろめき、立ち尽くした。

痛みは感じていないようだ。いまはまだ。

額の創傷が致命傷になることはない。だが、多量に出血する。数秒のうちに血が目まで流れこんでいる。これでは目が見えない。もしわたしが靴を履いていたら、すぐにでも殺せただろう。一撃入れて膝を突かせ、頭を蹴り砕けばいい。だが、この消火栓のような体を蹴って足の骨を折る危険を冒すつもりはなかった。すばやく動けなくなればわたしもたちまち殺される。

だから後ろにさがった。

ライラが突っこんでくる。

わたしは腰を落としたまま、うなりをあげて弧を描く刃をかわした。左に、右に。背中が壁にあたる。タイミングを見計らい、ライラの腕が体と重なるまで待ってから、横向きになって肩から突進し、ライラを跳ね飛ばした。そのまま前に出て、ふらつきながら目に注ぎこむ血を拭おうとしているスヴェトラーナに迫る。ナイフを持っているその手を払い、踏みこんで鎖骨の上の首筋に切りつけ、後ろにさがった。

ライラに切られたのはそのときだ。

ライラはリーチの問題を解決していた。ナイフの柄の端を指先で持っている。その状態で突っこんできた。髪をなびかせながら。背中をまるめて。一センチでも優位に立とうとしている。前に出した足を踏ん張り、体を低くして前のめりになり、大きく腕を振ってわたしの腹に切りかかった。

そしてとらえた。

この切られ方はまずい。大振り、強靱《きょうじん》な腕、カミソリのように鋭い刃。非常にまずい。へその下、ボクサーパンツのウェストの上のあたりを、斜めに長く切り裂かれている。痛みは感じない。いまはまだ。つかの間、皮膚が奇妙な信号を発し、もうすべてはつながっていないことを伝えただけだ。

わたしは一瞬動きを止めた。信じられない思いで。それから、だれかに怪我《けが》を負わされたときにいつもしていることをした。さがるのではなく、踏みこんだ。ライラのナイフは勢いあまってわたしの脇に泳いでいる。わたしのナイフは低い位置にある。バックハンドで太腿を深く切り、後ろ側の足で床を蹴って顔を左のこぶしで殴った。命中。失神してもおかしくない強烈な一撃。ライラは後ろによろめき、わたしはスヴェトラーナに突進した。その顔は血に覆われている。スヴェトラーナはナイフを右に振った。そして左に。隙ができる。踏みこみ、右の前腕の内側を切りさげる。骨まで。血管、腱、靭帯《じんたい》ごと。スヴェトラーナがわめく。痛みからではない。それはあとから来る。あるいは、もう来ない。わめいたのは恐怖からだ。死んだも同然になって。腕が使えなくなって。わたしはその肩を突いて後ろを向かせ、腎臓にナイフを突き刺した。十センチほどの刃をすべて沈め、容赦なく横に引く。こうしても問題ない。このあたりに肋骨はない。骨に刃が食いこんで抜けなくなることはない。腎臓には大量の血液が流れこんでいる。さまざまな動脈から。人工透析を受けている人なら知っている。人間の血液はそのすべてが腎臓を日に何度も通っている。何リットルも。いまのスヴェトラーナの腎臓は、はいってきた血液をもう戻せない。

スヴェトラーナが膝を突く。ライラは頭部への打撃からの回復に努めている。鼻が折れている。完璧な美貌が台無しだ。それでも突っこんでくる。わたしは左にフェイントを入れて右に動いた。膝立ちになったスヴェトラーナのまわりをふたりでめぐる。完全に一周するまで。もとの位置に戻ったわたしは、簡易キッチンのほうへ飛びすさった。カウンターとカウンターのあいだへ行く。スヴェトラーナがそこに重ねておいた安っぽい椅子の一脚をつかむ。左手でそれをライラに投げつける。ライラはかわそうとして身をかがめたが、椅子はその背中に激突した。

わたしはキッチンから出てスヴェトラーナの背後にまわり、髪をつかんで頭を引き起こした。身を乗り出し、喉を切り裂く。耳から耳まで。ベンチメイドの鋭利な刃でも苦労した。引っ張り、力をこめ、のこぎりのように動かさなければならなかった。筋肉、脂肪、硬い肉、靭帯。刃が骨にこすれる。切断された気管から、結核を連想させる異様な音がする。苦しげに喘鳴《ぜんめい》している。断ち切られた動脈から血がほとばしる。脈に合わせて体のずっと前まで飛び散る。奥の壁まで。血まみれになったわたしの手が滑る。髪を放すと、スヴェトラーナは前に倒れた。顔が床板を打って鈍い音を立てる。

わたしは息を切らしながら後ろにさがった。

ライラが息を切らしながらこちらを向いた。

室内は燃えるように暑く、血の金くさいにおいが漂っている。

わたしは言った。「ひとり死んだ」

ライラは言った。「まだひとりいる」

わたしはうなずいた。「教師より弟子のほうが優秀なようだな」

ライラは言った。「わたしが弟子だとだれが言った？」

その太腿からはかなりの出血がある。カーゴパンツの黒いナイロン生地にまっすぐな切れ目ができ、血が脚を伝っている。靴はすでに血に染まっている。わたしのボクサーパンツも血に染まっている。白から赤へと色が変わっている。下に目をやると、血が噴き出ているのがわかる。しかも大量に。よくない。だが、古傷に救われた。ずっと前にベイルートで破片を浴びたときの傷に。陸軍移動外科病院でぞんざいに縫われたあとが盛りあがって白い肌に硬い畝を作っていて、これがライラのナイフの勢いを殺して向きをそらし、傷を浅くしてくれた。この古傷がなければ、もっと長く、もっと深く切り裂かれていただろう。救急外科医のおざなりな仕事をわたしはずっと恨んでいた。いまは感謝している。

ライラの潰れた鼻からも出血がはじまっている。口に血が流れこみ、ライラは咳《せ》きこんで唾を吐いた。そして床に視線を落とした。スヴェトラーナのナイフが落ちている。血溜《ちだ》まりに浸《つ》かっている。血はすでに厚みを増している。古い床板に染みこんでいる。床板の隙間にはいりこんでいる。ライラの左手が動いた。が、すぐに止まった。かがんでスヴェトラーナのナイフを拾いあげようとすれば無防備になる。それはわたしも同じだ。P220はわたしから一メートル半離れたところにある。弾倉はライラから一メートル半離れたところにある。

痛みがはじまった。目眩《めまい》に襲われ、気が遠くなる。血圧が低下している。

ライラが言った。「丁重に頼むなら、見逃してあげてもいいのよ」

「頼まない」

「あなたは勝てない」

「寝言は寝て言え」

「戦って死ぬ覚悟はできている」

「おまえはそれを選べる立場にない。おまえが死ぬことはもう決まっている」

「女を殺せるの?」

げた。


「いま殺したばかりだ」

「わたしのような女でも？」

「おまえのような女だからこそだ」

ライラはふたたび唾を吐き、口から苦しげに息を吸った。咳きこむ。脚を見おろす。うなずいて「わかった」と言った。そしてあの驚くほど美しい目でわたしを見あげた。

わたしはそのまま立っていた。

ライラは言った。「本気なら、さっさとやりなさい」

わたしはうなずいた。本気だった。だからやった。体力は弱っていたが、簡単だった。ライラは脚を負傷して動きが鈍い。うまく呼吸もできない。鼻腔《びこう》は潰れている。血が喉の奥に流れこんでいる。殴られたときから朦朧《もうろう》として目眩に襲われている。わたしはキッチンにあった二脚目の椅子を持ちあげ、前に構えて突撃した。このリーチにはだれもかなわない。ライラを部屋の隅に押しやり、ナイフを落として倒れるまで椅子で二回殴った。その脇に腰をおろし、首を絞めた。体力が急速に奪われていたので、時間がかかった。それでも、刃物は使いたくなかった。ナイフは好きではない。

事が終わると、這うようにしてキッチンに戻り、ベンチメイドを蛇口の水で洗った。それから刃先を使って黒のダクトテープをX字形に切った。指で傷口をはさみ、X字形のダクトテープで留める。一ドル半。どこの金物店でも買える。重要な装備。苦労して服を着た。ポケットに所持品を戻す。靴を履く。

それから床にすわりこんだ。少しだけのつもりで。だが、長くなった。医師なら失神したと言うだろう。自分では、眠りに落ちただけだと思いたい。

84

目を覚ますと病院のベッドの上だった。ペーパーガウンを着せられている。頭の中の時計は午後四時だと教えている。十時間経過。口内の味からして、ほとんどの時間は薬の力で眠っていたのだろう。指先にクリップ状のものがはめられている。それからコードが延びている。コードはナースステーションにまでつながっているにちがいない。そしてクリップは心拍の変化のようなものを感知しているにちがいない。そのあかしに、目を覚まして一分もすると人がつづけざまに病室にはいってきた。医師と看護師、ジェイコブ・マーク、セリーサ・リー、スプリングフィールド、サンソムが順々に。医師は女で、看護師は男だ。

医師はグラフを確かめたりモニターを眺めたりしながら、しばらく忙しく動きまわった。それからわたしの手首を持って脈をはかった。ハイテク機器を好きなように使えるのに、よぶんな手間をかけているように思える。そのあと医師は訊いてもいない問いに答えて、ここはベルヴュー病院で、とても順調に回復していると言った。救急救命室の医師たちが傷を洗浄して縫合し、抗生物質と破傷風ワクチンを大量に投与して、輸血を三単位おこなったらしい。ひと月は重いものを持ちあげないようにと指示し、医師は出ていった。看護師があとにつづいた。

わたしはセリーサ・リーを見て尋ねた。「わたしの身に何があった？」

「覚えていないの？」

「もちろん覚えているさ。だが、表向きにはどうなっている？」

「あなたはイースト・ヴィレッジの路上で発見された。経緯は不明だけど、ナイフによる怪我を負っていた。よくあることね。毒物検査をおこなうと、微量のバルビツール酸系催眠剤が検出された。それで病院の記録では、あなたは薬物の取引が揉めて刺された患者になっている」

「病院は警察に通報したのか？」

「わたしも警察の一員よ」

「どうやってわたしはイースト・ヴィレッジに行った？」

「行っていない。わたしたちがここに直接運びこんだ」

「わたしたち？」

「わたしとミスター・スプリングフィールドのこと」

「どうやってわたしを見つけた？」

「三角法で携帯電話の位置を割り出したの。おおまかな場所はそれでわかった。所番地まで突き止めたのはミスター・スプリングフィールドよ」

スプリングフィールドが言った。「二十五年前、とあるムジャヒディーンの指導者が、放棄した秘密の拠点に戻ってくるという戦法について、いろいろと教えてくれたからな」

わたしは訊いた。「あとで面倒なことになる可能性は？」

ジョン・サンソムが言った。「ない」

そのひとことだけを。

わたしは言った。「確かなのか？　あのビルには死体が九体もある」

「国防総省の男たちがいま現場にいる。ノーコメントだと声高に言うだろう。わけ知り顔で笑みを浮かべながら。自分たちの手柄だと思わせるために」

「風向きが変わったら？　そういうことはままある。あんたも知ってのとおり」

「犯罪がおこなわれたとしても、現場検証ができるありさまではない」

「わたしの血液が残っているはずだ」

「血液は大量に残っている。何せ古いビルだ。調べても出てくるのはネズミのＤＮＡばかりだろう」

「わたしの服にも血液は付着している」

セリーサ・リーが言った。「あなたの服は病院が焼却してしまったわよ」

「なぜ？」

「感染の危険があるから」

「新品だったのに」

「血まみれだった。昨今ではだれもが血には用心する」

「右手の指紋が付着している」わたしは言った。「窓の取っ手と跳ねあげ戸に」

「何せ古いビルだ」サンソムが言った。「風向きが変わる前に、取り壊されて再開発されるだろう」

「薬莢」わたしは言った。

スプリングフィールドが言った。「国防総省が支給しているものと同じだ。きっと連中は喜んでいる。たぶんメディアにひとつはリークするだろう」

「国防総省はまだわたしを捜しているのか？」

「捜したくても捜せない。筋書きが狂うから」

「縄張り争い」わたしは言った。

「それには国防総省が勝ったようだな」

わたしはうなずいた。

サンソムが尋ねた。「メモリースティックはどこにある？」

わたしはジェイコブ・マークを見た。「大丈夫か？」

ジェイクは言った。「あまり大丈夫じゃないな」

わたしは言った。「聞いてもらいたいことがある」

ジェイクは言った。「わかった」

わたしは上体を起こした。痛みはまったくない。鎮痛剤をこれでもかとばかりに投与されているのだろう。膝を立ててシーツをテント状にし、ペーパーガウンのへりをめくって傷口をのぞきこんだ。見えない。腰から胸まで包帯が巻かれている。

サンソムが言った。「五メートル以内までは案内できると言っていたな」

わたしは首を横に振った。「もう無理だ。時間が経っている。推測で割り出すしかない」

「すばらしい。きみはずっとでたらめを言っていたわけだ。ありかなど知らずに」

「おおまかにはわかっている」わたしは言った。「ホス親子は三ヵ月近くかけて計画を練り、最後の週に実行に移した。ピーターという弱みを握り、スーザンを脅迫した。スーザンは車でアナンデールから北へ向かったが、四時間の渋滞で立ち往生した。午後九時から午前一時までだったとすれば、マンハッタンには午前二時になるころに着いただろう。何時にホランド・トンネルを抜けたかは正確にわかるはずだ。そこから逆算して、深夜十二時にスーザンの車がどこで立ち往生していたかを突き止めればいい」

「なぜそれが手がかりになる？」

「深夜十二時に、スーザンは車の窓からメモリースティックを投げ捨てたからだ」

「どうしてそんなことがわかる？」

「マンハッタンに着いたとき、スーザンは携帯電話を持っていなかったからだ」

サンソムはリーに目をやった。リーはうなずき、言った。「鍵と財布しか持っていなかった。車内にも携帯電話はなかった。ＦＢＩが遺留品を一覧にしている」

サンソムは言った。「だれもが携帯電話を持っているわけではない」

「確かに」わたしは言った。「わたしがその人だ。世界でただひとり、携帯電話を持っていない人さ。スーザンのような人は携帯電話を持っていたにちがいない」

ジェイコブ・マークが言った。「持っていたよ」

サンソムは言った。「それで？」

「ホス親子は期限を設けた。それは十中八九、深夜十二時だ。スーザンが来なかったので、ホス親子はやるべきことをやった。脅しを実行したということだ。さらにそれを証明した。携帯電話に画像を送りつけた。動画を生中継したのかもしれない。ピーターが石のテーブルの上で、時間をかけてまず体を切り開かれる場面を。スーザンの人生は深夜十二時ちょうどに変わったと言っていい。スーザンは渋滞に巻きこまれ、どうにもできなかった。手にした携帯電話はむごたらしくおぞましいものへと一変した。だから窓の外へ投げ捨てた。ふたつともI－九五号線の脇のごみにまぎれこみ、いまでもそこにあるはずだ。そうとしか考えられない」

だれも口を利かない。

わたしは言った。「おそらく中央分離帯にある。スーザンは焦っていたから、無意識のうちに追い越し車線にいただろう。もっと前なら三角法で携帯電話の位置を割り出せたはずだが、もう無理だと思う。バッテリーが切れている」

部屋が静まり返る。ゆうに一分も。医療機器のうなりや電子音だけが聞こえる。

サンソムが言った。「狂気の沙汰だ。ホス親子は、画像を送ったらメモリースティックが手にはいらなくなることを知っていたはずだ。もうスーザンの弱みを握っていないのだから。スーザンは車で警察署に直行することもできた」

「答はふたつある」わたしは言った。「ある意味では、ホス親子は確かに狂気に駆られていた。ふたりは原理主義者だった。人前では役を演じられたが、内心ではすべてを白か黒かで考えていた。陰影のようなものはない。脅しは脅しであり、深夜十二時は深夜十二時だった。どちらにせよ、危険は最小限だった。スーザンに尾行をつけていたからだ。スーザンが勝手な真似《まね》をすれば、その男が止める手はずになっていた」

「それはだれなのだね」

「二十番目の男だ。この男がワシントンDCへ行ったのは手ちがいではなかったと思う。イスタンブールで乗り継ぎ便を逃したわけではない。土壇場になって計画を変更したのさ。ホス親子はにわかに気づいた。目的をかなえるためには、ワシントンDCにだれかを張りこませたほうがいいと。あるいは、こちらのほうが可能性は高いが、ポトマック川の対岸の、ペンタゴンに通勤する人々のベッドタウンに。だから二十番目の男はそこに直行した。そしてスーザンをずっと尾行した。よくやるように、あいだに車を五台か十台はさんで。悪くない尾行の手口だが、道路が渋滞すれば話は別だ。渋滞中に車を五台か十台はさむのは、一キロ離れているのと変わらない。身動きがとれず、前の大きなSUVに視界をふさがれてしまうかもしれない。スーザンが何をしたか、男には見えなかった。それでも尾行はつづけた。NBAのシャツを着て、あの地下鉄にも乗った。古いビルでまた会ったとき、顔に見覚えがあるように思った。だが、直後に顔を撃ってしまったから、確かめられなかった。見分けがつかない状態になって」

また部屋が静まり返る。やがてサンソムが尋ねた。「それで、深夜十二時にスーザンはどこにいた？」

わたしは言った。「自分で突き止めてくれ。時刻、距離、平均速度から。地図と定規と紙と鉛筆が要るぞ」

ニュージャージーに住むジェイコブ・マークが、知り合いの州警察の警官について話しはじめた。力になってくれるだろう、と。州警察は昼夜を問わずI－九五号線をパトロールしている。この州間ハイウェイを熟知している。交通監視カメラを設置しているから、その録画画像を紙の上での計算と照らし合わせることができる。ハイウェイ管理事務所も協力してくれるだろう。そのことばをきっかけに、だれもがいっせいにしゃべりはじめた。もうこちらには注目していない。わたしは枕に寄りかかり、みなわれ先に病室から出ていった。最後になったスプリングフィールドがドアの前で足を止め、振り返って尋ねた。「ライラ・ホスを始末して、どんな気分だ」

わたしは言った。「晴れやかな気分だ」

「ほんとうか？　おれならそんな気分にはなれないな。あんたは女ふたりに倒されかけた。ずさんなやり方をして。ああいうことは完璧にこなさなければ、失敗するのと同じだ」

「弾薬が足りなかった」

「弾薬は三十発もあった。単射を使うべきだった。三点バーストはただの怒りの表れだ。あんたは感情に流された。それについては警告しておいただろうに」

スプリングフィールドは顔に何の表情も浮かべずに一秒あまりもわたしを見つめた。それから廊下に出ていき、その後は二度と会うことはなかった。

二時間後、セリーサ・リーが戻ってきた。買い物袋を携えて。病院がベッドを空けてもらいたがっているので、ニューヨーク市警がホテルを手配してくれたそうだ。それで服を買ってきてくれた。見せてもらった。靴、靴下、ジーンズ、ボクサーパンツ、シャツ。どれも救急救命室の職員が焼却した品と同じサイズだ。靴と靴下とジーンズとボクサーパンツは申しぶんがなかった。シャツは奇妙な代物だった。着古したように柔らかい白のコットン製で、顕微鏡レベルでにこ毛が生えているかのようだ。長袖できつく、首もとにボタンが三つある。古くさいアンダーシャツに似ている。着たら祖父のように見えそうだ。あるいは、一八四九年のカリフォルニアの金鉱掘りのように。

「ありがとう」わたしは言った。

リーが言うには、ほかの面々は数学の問題に取り組んでいるとのことだった。ニュージャージー・ターンパイクからホランド・トンネルまで、スーザンがどの道筋をたどったかで意見が割れている。地元の人間は地上の道路を使って近道をするが、道路標識からは近道に思えないらしい。

わたしは言った。「スーザンは地元の人間ではなかった」

リーも同意した。わかりやすい案内標識どおりの道筋をたどったはずだと言って。そして言った。「写真は見つからないわね」

わたしは言った。「そうか？」

「もちろん、メモリースティックは見つかる。でも、読みこめなくなっているとか、車に轢《ひ》かれて壊れたとか、邪《よこしま》なものは結局何も写っていなかったとか言うはず」

わたしは答えなかった。

「きっとそうなる」リーは言った。「わたしは政治家というものを知っているし、政府というものも知っている」

それから尋ねた。「ライラ・ホスを始末して、どんな気分？」

わたしは言った。「やはり、地下鉄の車内で話しかけたことを悔やんでいるよ。スーザンに。もう何駅か様子を見ればよかった」

「わたしがまちがっていたのよ。スーザンが落ち着きを取り戻せたはずがない」

「逆だ」わたしは言った。「スーザンの車の中に片方だけの靴下はあったか？」

リーはＦＢＩが一覧にした遺留品を思い返した。うなずく。

「きれいだったか？」わたしは訊いた。

「ええ」リーは言った。

「それなら、出かけるときのスーザンについて考えてみよう。スーザンは悪夢のような状況にある。だが、どれほど状況が悪いか、確信はない。薄々察しているほど悪いとは思いたくない。何もかもたちの悪い冗談か、口先だけの脅しかもしれない。はったりかもしれない。とはいえ、確信はない。スーザンは仕事着を身に着ける。黒のズボン、白のブラウスを。これから向かうのは悪名高い大都市で、どうなるかはわからない。スーザンはひとりで生きてきた女性で、ヴァージニアに住み、何年も軍とかかわりを持っている。だから銃を持っていく。靴下に入れて抽斗にしまってあったものを、おそらくそのまま。それをバッグに詰める。出発する。渋滞で身動きできなくなる。期限になる前に電話をかける。ホス親子のほうからかかってくるかもしれない。ホス親子は聞く耳を持たない。狂信者で、外国人だからだ。理解してくれるはずがない。渋滞など、〝犬が宿題を食べちゃった〟並みの言いわけだと考える」

「そしてスーザンは深夜十二時にメッセージを受けとる」

「それでスーザンは人が変わったようになる。重要なのは、それだけの時間があるということだ。渋滞で身動きできない。ハイウェイからおりられない。警察署にも行けない。時速百四十キロで電信柱に突っこむこともできない。進退窮まっている。車の中ですわって考えるしかない。ほかには何もできない。そしてスーザンは腹を決める。息子の仇《かたき》を討とうとする。計画を立てる。靴下から銃を取り出す。それを見つめる。後部座席に置いたままの古い黒のジャケットに気づく。冬から置きっぱなしだったのかもしれない。黒っぽい服装にしたい。だからそれを着る。ようやく車が流れはじめる。スーザンはニューヨークへ車を走らせる」

「例のリストについては？」

「スーザンはふつうの人間だった。他人の命を奪うという問題は、自分の命を絶つという問題と同じ感情を生むのかもしれない。スーザンはまさにその問題に直面していた。覚悟を決めようとしていた。だが、まだ決めてはいなかった。決めていないうちに、わたしが妨げてしまった。だからスーザンはあきらめた。ほかの手段で現実から逃げ出した。五十九番ストリート駅に着くころには、覚悟を決めていたかもしれない」

「あんな戦いをしなくて済んだのだから、これでよかったのよ」

「スーザンが勝ったかもしれない。スーザンがポケットやバッグから何かを出そうとしても、ライラは警戒しなかっただろう。それなら不意を突ける」

「スーザンが持っていたのは六連発の拳銃よ。ライラたちは二十二人もいた」

わたしはうなずいた。「スーザンはまちがいなく死んだだろう。だが、満足して死ねたかもしれない」

つぎの日もセリーサ・リーはホテルに来てくれた。サンソムが捜索範囲を一キロ弱ほどの長さに絞りこみ、ニュージャージーのハイウェイパトロールがそこをロードコーンで封鎖したそうだ。捜索を開始してから三時間後、スーザンの携帯電話が発見された。その直後、一メートルあまり離れた場所で、メモリースティックも発見された。

メモリースティックは車に轢かれていた。潰れていた。読みこめなくなっていた。

翌日、わたしはニューヨークを離れた。南へ向かった。二週間近く、写真に写っていた可能性のあるものが頭から離れなかった。ありとあらゆる仮説を立てた。イスラム法に厳密には背くものから、家畜がからむものまで。コレンガルのテントでおこなわれた胸の悪くなるような事柄を想像する合間に、繰り返し脳裏に浮かんだのは、ライラ・ホスの顔を殴ったときの記憶だ。左のストレートを浴びて砕ける骨と軟骨。台無しになった美貌。その場面が頭の中でひっきりなしに再生された。理由はわからない。直前にはナイフで切りつけ、直後には絞め殺したが、そちらのほうはほとんど思い出せない。女を殴るのはわたしの無意識の価値観に反しているのかもしれない。まったく筋が通らないが。

しかし、やがてその映像も薄れ、ウサマ・ビン・ラーディンが山羊を犯す場面を想像するのにも飽きた。ひと月が過ぎるころには、すべて忘れていた。切られた傷はすこぶる順調に癒えた。傷跡は細く、白い。縫合はていねいで、目立たない。わたしの下半身はまるで教科書の挿絵のようだ――この傷は完璧な治療例で、あの傷は完璧でない治療例という具合に。とはいえ、昔のぞんざいな縫合痕が命を救ってくれたのはけっして忘れない。因果はめぐる。ベイルートで名前も知らないだれかが計画し、金を払い、運転したトラック爆弾の恵み深い遺産だ。

訳者あとがき

ジャック・リーチャー・シリーズ第十三作『葬られた勲章』（原題 *Gone Tomorrow*）をお届けする。

リー・チャイルドによるこのシリーズは一九九七年からほぼ年に一作のペースで刊行がつづいており、二〇二〇年夏現在で全二十四作を数える。本作はシリーズ中期の傑作と呼ぶにふさわしい出来なので、このあとがきから先に読んでいるかたには、ぜひ本文に進むようおすすめしたい。なお、ジャック・リーチャー・シリーズは一作一作が独立した内容になっており、過去作を未読のかたでも問題なく楽しめることを付け加えておく。主人公がかつてはアメリカ陸軍の憲兵で、いまは放浪の旅をつづけていること、とにかく腕《うで》っ節《ぷし》が強くて頭も切れることを知っていれば充分だ。

物語の舞台はニューヨーク。午前二時、地下鉄に乗っていたリーチャーは、同じ車両に乗り合わせた数人の乗客の中に不審な女がいるのに気づく。まだ九月なのに冬用のジャケット、苛立《いらだ》ち、発汗、チック、神経質な態度、短く浅い呼吸、祈りのつぶやき、前方に固定された視線、大きなバッグ、その中に入れたままの両手。現役時代にイスラエルに派遣されたことのあるリーチャーは、それらが体に巻きつけた爆弾をいまにも爆発させようとしている自爆テロリストの特徴であることを知っていた。ただし、それにしては時刻が不自然だった。自爆テロを実行するなら、深夜ではなくラッシュアワーのほうが甚大な被害を見こめるからだ。

確信を持てないまま、リーチャーは女に話しかけ、自分は警官だと嘘をつき、自爆テロを思いとどまらせようとする。女はリーチャーの求めに応じてバッグから右手を出すが、そこに握られていたのは爆弾のスイッチではなく、思いもよらないものであり、直後の女の行動も思いもよらないものだった。

事件の目撃者となったリーチャーは、駆けつけたニューヨーク市警の刑事から同行を求められ、分署で事情聴取を受けた。その後も所属不明の連邦捜査官や怪しげな私立探偵が接触してきて、探りを入れてくる。女から何か受けとらなかったか、ライラ・ホスという名に心当たりはないか、女はジョン・サンソムという名を出さなかったか。リーチャーは問いを適当にいなすが、女の正体や目的に興味を持った。

女の弟で、事件を知って分署を訪れたジェイクという男とリーチャーは知り合い、情報を交換する。女の名はスーザン・マークといい、国防総省《ペンタゴン》の人的資源コマンド、つまり人事部の事務員として働いていたことがわかる。それなら、スーザンは何者かに弱みを握られ、軍の極秘情報を渡すために地下鉄でどこかへ向かっていたのかもしれない。そしてそこへ行けば自分の人生は終わりだと考えていたのかもしれない。だとすれば、自爆テロリストらしい兆候があったのも一応は説明がつく。

真相を突き止めるため、リーチャーは名前の出たサンソムやライラと会って話を聞き出そうとする。サンソムは連邦議会の下院議員で、軍の特殊部隊にいた経歴を持つ人物だが、スーザンとかかわったことはないと断言する。またライラは、スーザンとは友人であり、人捜しを手伝ってもらっていただけだと説明する。どちらの話も筋が通っているように見えて、何か隠している気配があった。

リーチャーはサンソムが特殊部隊時代に受章した勲章を手がかりに、真実に少しずつ迫っていく。そしてソ連のアフガニスタン侵攻にさかのぼる歴史の暗部が明らかになったとき、かつてない強敵と命懸けの戦いを繰り広げることになる。

本作の原書は二〇〇九年春に出版されると、すぐさまニューヨーク・タイムズ紙のベストセラーリストで首位を獲得した。英語圏の読者からはシリーズ屈指の高評価を得ていて、トム・クルーズ主演で映画化された『アウトロー』に匹敵する人気となっている。一読すればそれも納得していただけるのではないかと思う。

ここでファンには耳寄りな情報をひとつ。ジャック・リーチャー・シリーズはアマゾンのプライムビデオでドラマ化が進んでおり、シーズン1は第一作の『キリング・フロアー』が原作となる見こみだ。いつ配信されるのか、リーチャーをだれが演じるのかといった詳細はまだ明らかではないが、訳者としてもいまから楽しみでならない。

最後になりましたが、本書の訳出にあたっては、株式会社講談社編集部の岡本浩睦氏とみなさまにたいへんお世話になりました。心よりお礼を申しあげます。

二〇二〇年七月　　青木　創

|著者| リー・チャイルド　1954年イングランド生まれ。地元テレビ局勤務を経て、'97年に『キリング・フロアー』で作家デビュー。アンソニー賞最優秀処女長編賞を受賞し、全米マスコミの絶賛を浴びる。以後、ジャック・リーチャーを主人公としたシリーズは現在までに24作が刊行され、いずれもベストセラーを記録。本書は13作目にあたる。

|訳者| 青木 創　1973年、神奈川県生まれ。東京大学教養学部教養学科卒業。翻訳家。訳書に、ハーパー『渇きと偽り』『潤みと翳り』、モス『黄金の時間』、ジェントリー『消えたはずの、』、メイ『さよなら、ブラックハウス』、ヴィンター『愛と怒りの行動経済学』、ワッツ『偶然の科学』（以上、早川書房）、リー『封印入札』『レッドスカイ』（幻冬舎）、メルツァー『偽りの書』（角川書店）、トンプソン『脳科学者が教える 本当に痩せる食事法』（幻冬舎）、フランセス『〈正常〉を救え』（講談社）など。

葬《ほうむ》られた勲章《くんしょう》(下)

リー・チャイルド｜青木《あおき》 創《はじめ》 訳

講談社文庫
定価はカバーに
表示してあります

2020年8月12日第1刷発行

発行者――渡瀬昌彦
発行所――株式会社　講談社
東京都文京区音羽2-12-21　〒112-8001
電話 出版 (03) 5395-3510
販売 (03) 5395-5817
業務 (03) 5395-3615

デザイン―菊地信義
本文データ制作―講談社デジタル製作
印刷―――豊国印刷株式会社
製本―――株式会社国宝社

Printed in Japan

ISBN978-4-06-520626-3

講談社文庫刊行の辞

二十一世紀の到来を目睫に望みながら、われわれはいま、人類史上かつて例を見ない巨大な転換期をむかえようとしている。

世界も、日本も、激動の予兆に対する期待とおののきを内に蔵して、未知の時代に歩み入ろうとしている。このときにあたり、創業の人野間清治の「ナショナル・エデュケイター」への志を現代に甦らせようと意図して、われわれはここに古今の文芸作品はいうまでもなく、ひろく人文・社会・自然の諸科学から東西の名著を網羅する、新しい綜合文庫の発刊を決意した。

激動の転換期はまた断絶の時代である。われわれは戦後二十五年間の出版文化のありかたへの深い反省をこめて、この断絶の時代にあえて人間的な持続を求めようとする。いたずらに浮薄な商業主義のあだ花を追い求めることなく、長期にわたって良書に生命をあたえようとつとめるところにしか、今後の出版文化の真の繁栄はあり得ないと信じるからである。

同時にわれわれはこの綜合文庫の刊行を通じて、人文・社会・自然の諸科学が、結局人間の学にほかならないことを立証しようと願っている。かつて知識とは、「汝自身を知る」ことにつきていた。現代社会の瑣末な情報の氾濫のなかから、力強い知識の源泉を掘り起し、技術文明のただなかに、生きた人間の姿を復活させること。それこそわれわれの切なる希求である。

われわれは権威に盲従せず、俗流に媚びることなく、渾然一体となって日本の「草の根」をかたちづくる若く新しい世代の人々に、心をこめてこの新しい綜合文庫をおくり届けたい。それは知識の泉であるとともに感受性のふるさとであり、もっとも有機的に組織され、社会に開かれた万人のための大学をめざしている。大方の支援と協力を衷心より切望してやまない。

一九七一年七月

野間省一

講談社文庫 最新刊

有川ひろ　アンマーとぼくら
タイムリミットは三日。それは沖縄がぼくにくれた、「おかあさん」と過ごす奇跡の時間。

堂場瞬一　空白の家族〈警視庁犯罪被害者支援課7〉
人気子役の誘拐事件発生。その父親は詐欺事件の首謀者だった。哀切の警察小説最新作！

綾辻行人ほか　7人の名探偵
新本格ミステリ30周年記念アンソロジー。7人のレジェンド作家のレアすぎる夢の競演！

冲方丁　戦の国
桶狭間での信長勝利の真相とは。六将の生き様を鮮やかに描いた冲方版戦国クロニクル。

西尾維新　新本格魔法少女りすか2
『赤き時の魔女』りすかと相棒・創貴《きずたか》が繰り広げる、血湧き肉躍る魔法バトル第二弾！

夏原エヰジ　Cocoon〈修羅の目覚め〉
吉原一の花魁《おいらん》・瑠璃は、闇組織「黒雲」の頭領。今宵も鬼を斬る！　圧巻の滅鬼譚《めっきたん》、開幕。

川瀬七緒　紅のアンデッド〈法医昆虫学捜査官〉
血だらけの部屋に切断された小指。明らかな殺人の痕跡の意味は！　好評警察ミステリー。

樋口卓治　喋る男
干されかけのアナウンサー・安道紳治郎。ついに異動になった先で待ち受けていたのは!?

赤神諒　大友二階崩れ
義を貫いた兄と、愛に生きた弟。乱世に翻弄された武将らの姿を描いた、本格歴史小説。

講談社文芸文庫

多和田葉子

ヒナギクのお茶の場合／海に落とした名前

解説＝木村朗子　年譜＝谷口幸代

パンクな舞台美術家と作家の交流を描く「ヒナギクのお茶の場合」（泉鏡花文学賞）、レシートの束から記憶を探す「海に落とした名前」ほか全米図書賞作家の傑作九篇。

たＡＣ６

978-4-06-519513-0

多和田葉子

雲をつかむ話／ボルドーの義兄

解説＝岩川ありさ　年譜＝谷口幸代

読売文学賞・芸術選奨文科大臣賞受賞の「雲をつかむ話」。ドイツ語で発表した後、日本語に転じた「ボルドーの義兄」。世界的な読者を持つ日本人作家の魅惑の二篇。

たＡＣ５

978-4-06-515395-6

海外作品

小説

ライアン・ジョンソン原作
ジェイソン・フライ著
稲村広香訳　スター・ウォーズ〈最後のジェダイ〉
ローレンス・カスダン
ジョナサン・カスダン原作
ムア・ラファティ著
稲村広香訳　ハン・ソロ〈スター・ウォーズ・ストーリー〉
ティモシイ・ザーン
富永和子訳　スター・ウォーズ 帝国の後継者(上)(下)
ティモシイ・ザーン
富永和子訳　スター・ウォーズ 暗黒の艦隊(上)(下)
ティモシイ・ザーン
富永和子訳　スター・ウォーズ 最後の指令(上)(下)
ジャンニ・ロダーリ
内田洋子訳　パパの電話を待ちながら
エリック・アクセル・スンド
西田佳子訳　クロウ・ガール(上)(下)

ノンフィクション

レイチェル・ジョイス
亀井よし子訳　ハロルド・フライの思いもよらない巡礼の旅
M・セリグマン
山村宜子訳　オプティミストはなぜ成功するか
ダニエル・タメット
古屋美登里訳　ぼくには数字が風景に見える

児童文学

エーリッヒ・ケストナー
山口四郎訳　飛ぶ教室
ディック・ブルーナ
講談社編　ミッフィーからの贈り物〈ブルーナさんがはじめて語る人生と作品のひみつ〉
ディック・ブルーナ
講談社編　miffy Notepad Red
ディック・ブルーナ
講談社編　miffy Notepad White
ディック・ブルーナ
講談社編　BLACK BEAR Notepad
L・M・モンゴメリー
掛川恭子訳　赤毛のアン
L・M・モンゴメリー
掛川恭子訳　アンの青春
L・M・モンゴメリー
掛川恭子訳　アンの愛情
L・M・モンゴメリー
掛川恭子訳　アンの幸福
L・M・モンゴメリー
掛川恭子訳　アンの夢の家
L・M・モンゴメリー
掛川恭子訳　アンの愛の家庭
L・M・モンゴメリー
掛川恭子訳　虹の谷のアン
L・M・モンゴメリー
掛川恭子訳　アンの娘リラ
L・M・モンゴメリー
掛川恭子訳　アンの友だち
L・M・モンゴメリー
掛川恭子訳　アンをめぐる人々
トーベ・ヤンソン
下村隆一訳　新装版 ムーミン谷の彗星
トーベ・ヤンソン
山室静訳　新装版 たのしいムーミン一家
トーベ・ヤンソン
小野寺百合子訳　新装版 ムーミンパパの思い出
トーベ・ヤンソン
下村隆一訳　新装版 ムーミン谷の夏まつり
トーベ・ヤンソン
山室静訳　新装版 ムーミン谷の冬
トーベ・ヤンソン
山室静訳　新装版 ムーミン谷の仲間たち
トーベ・ヤンソン
小野寺百合子訳　新装版 ムーミンパパ海へいく
トーベ・ヤンソン
鈴木徹郎訳　新装版 ムーミン谷の十一月
トーベ・ヤンソン
冨原眞弓訳　小さなトロールと大きな洪水
ヤンソン(文・絵)
パルッキネン(編)
渡部翠(訳)　ムーミン谷の名言集
ヤンソン(絵)　ニョロニョロ ノート
ヤンソン(絵)　ムーミンママ ノート
ヤンソン(絵)　ムーミン ノート
ヤンソン(絵)　ムーミンパパ ノート

講談社文庫　目録

2020年6月15日現在